El tormento del alfa

Renee Rose

Lee Savino

Traducido por
Begoña Marin

Creado con Vellum

Índice

Libro Gratis - La virgin y el vampiro

Quiere un libro gratis de Renee Rose y Lee Savino? Suscríbete a su newsletter para recibir *La virgin y el vampiro* y otro contenido especialmente bonificado y noticias de nuevos. https://BookHip.com/XJPQQXK

Libro Gratis de Renee Rose

Quiere un libro gratis de Renee Rose? Suscríbete a mi newsletter para recibir **Padre de la mafia** y otro contenido especialmente bonificado y noticias de nuevos. https://BookHip.com/NCVKLK

Capítulo Uno

Wolf Ridge, Arizona, norte de Phoenix

Dieciséis años atrás

Sheridan

El golpe del hueso contra la carne me revuelve el estómago. Agarro la mano de mi hermana pequeña Ruby y tiro de ella hacia atrás, apartándola del camino. Un gruñido inhumano proviene del delgado y desnutrido adolescente que ataca a Garrett Green, un chico que le dobla en tamaño. Hay que estar loco para enfrentarse al hijo de nuestro alfa.

Pero Trey probablemente tenga ganas de morir.

El borracho de su padre fue arrestado hoy por la policía por el *asesinato* de un humano.

La razón por la que todos los niños se han reunido en este campo detrás de la casa del club es porque nuestro alfa convocó una asamblea de la manada. Se dice que discuten si Trey y su madre se quedarán. La manada no aprecia los problemas con los humanos, especialmente con los policías, por lo que cualquier lobo que nos ponga en riesgo está sujeto al destierro.

Así que sí, Trey probablemente tenga un mundo de ira y miedo cayéndole encima y recibir la paliza de Garrett podría ser una distracción bienvenida.

Para crédito de Garrett, Trey todavía no ha sangrado. Garrett mantiene la ventaja, deja que la pelea continúe, permite que Trey se desahogue de esta manera, a patadas y puñetazos, lanzándose una y otra vez. Cuando Trey escogió la pelea tan pronto como comenzó la asamblea, los chicos nos agrupamos para mirarla.

Y ellos no son amigos. Nadie se ha hecho amigo de Trey desde que su familia se mudó aquí el año pasado. Es introvertido y está muy callado la mayor parte del tiempo, apenas habla en clase, aunque parece ser inteligente. Esta es la mayor interacción que he visto de él en todo el año.

La pelea no es tan desagradable como suena. Hay belleza en la pelea: ambos chicos se mueven con gracia ligera, como boxeadores entrenados, en lugar de estudiantes de primer año. Si mi hermano mayor estuviera aquí, los separaría, pero como acaba de cumplir dieciocho años, ahora se le permite asistir a las reuniones de la manada.

Trey lanza su peso y embiste a Garrett. Caen a la tierra. Garrett lo inmoviliza, pero Trey se escapa y le da un puñetazo en la sien, provocando un gruñido de sorpresa.

Sedona, la hermana de cuatro años de Garrett, corre hacia adelante llorando por él y yo corro para sacarla de la refriega. Al mismo tiempo, Garrett lanza a Trey hacia atrás y nos tira a Sedona y a mí al suelo.

Un gruñido colectivo resuena de Garrett y el grupo de niños que observan. Espero que Garrett termine con Trey ahora, su instinto alfa de proteger a las hembras anula cualquier moderación.

Mi amiga Pam recoge a Sedona y la calma.

—*Sheridan.* —dice Trey, ignorando a Garrett y transformando instantáneamente su furia fuera de control en modo... *caballero.* Sus ojos de lobo se desvanecen de plateado a azul pálido.

No sabía que conociera mi nombre, aunque ¿por qué no? Ciertamente conozco el suyo.

Me ayuda a parame al mismo tiempo que se levanta. Sus nudillos magullados y llenos de sangre me sostienen suavemente, la preocupación se forja en el ceño entre sus ojos.

—Lo siento, ¿estás herido? —digo. Su diente le ha atravesado el labio y la sangre se derrama por la barbilla, pero parece no verse afectado por su propio dolor.

Nuestras miradas se entrelazan y algo se dispara en mi bajo vientre, una nueva e intensa conciencia de que soy hembra y él es macho.

No puedo mirar hacia otro lado. No me suelta ni aun con Garrett respirándole en el cuello justo detrás.

—Estoy bien. —Finalmente hago que mis labios entumecidos se muevan. El corazón me late en los oídos mientras absorbo todo lo que me he perdido de este revoltoso chico de la familia más desfavorecida de la manada. La profundidad de su voz. La intensidad de sus ojos azules pálidos. La definición de la musculatura en su delgada contextura. Los aromas en él, sangre, tierra, pino.

—*Oigan.*. —El grupo de niños salta a la orden de la grave voz de nuestro alfa—. ¿Qué pasa ahí abajo? —Olfatea el aire, sin duda reconociendo el olor a sangre. La puerta trasera de la casa del club está abierta y los padres salen para reencontrarse con sus hijos. Sedona corre hacia el señor Green, quien le acomoda el cabello sin apartar la mirada entrecerrada de su hijo—. ¿Estabas peleando?

3

Un músculo de la mandíbula de Garrett palpita con un tic cuando la mirada del señor Green se dirige a Trey, quien deja caer sus manos de mí como si recibiera una descarga eléctrica.

—Nah... —Garrett suelta un tono perezoso que de ninguna manera coincide con la intensidad de la refriega que tuvo—. Estábamos desahogándonos, ¿verdad, Trey? —Saca un puño y Trey lo golpea amistosamente, como si fueran los mejores amigos. Parece que Trey de alguna manera se ganó su respeto al enfrentarle.

Libero un aliento que no sabía que había contenido.

Emmett Green dirige su mirada dominante hacia Trey.

—Vas a tener que hacerte hombre y cuidar de tu madre ahora, hijo.

Trey mantiene sumisamente la mirada gacha para mostrarle respeto.

—Sí, señor. ¿Nos desterraron?

—No —dice el señor Green—. Se les permitirá quedarse, siempre y cuando te mantengas alejado de los problemas y cortes todos los contactos con tu padre.

Trey traga saliva.

—Lo entiendo. —murmura y luego agrega—: Gracias, señor.

En cuanto el alfa se retira, todos los niños se quedan mirando a Trey con curiosidad. Quiero darles un puñetazo en la cara a todos, a pesar de que soy tan parte de esta escena como cualquier otra persona. Es Garrett quien cambia las cosas.

—Vamos. —Golpea el hombro de Trey como si fueran viejos amigos—. Vamos a pasar el rato.

Así es como Trey se acopla como uno más de la pequeña manada de Garrett, los alfas, los chicos malos de Wolf Ridge High.

* * *

Presente

Sheridan

"Quienes no aprenden del pasado están condenados a repetirlo".

La frase de mi calendario de "citas de sabiduría diaria" me pasa por la cabeza mientras avanzo dando zancadas por el aparcamiento del club de peleas. Mis talones hacen crujir los cristales rotos y aprieto los dientes. He venido aquí bajo coacción. Si pierdo mi par favorito de Jimmy Choos por esta tontería, voy a estar realmente enfadada.

"Puedes hacerlo, cariño", dijo mi padre en su charla de aliento, "la manada cuenta contigo". Escucho la adición tácita: *yo* cuento contigo. Si hay algo que treinta años de vida me han enseñado, es que haría cualquier cosa para que mi padre se sienta orgulloso. Incluyendo caminar de regreso a una escena de mis días de instituto.

Aparentemente no aprendí nada del pasado, porque aquí me encuentro, repitiéndolo. Ahora que lo pienso, mi papá me dio ese maldito calendario de "citas de sabiduría diaria".

Un almacén deteriorado se cierne sobre el terreno de grava, elevándose desde el agrietado suelo de hormigón. Una fila de motocicletas se inclina frente a una valla metálica rota. Unas cuantas camionetas destartaladas rompen la interminable hilera de motos con cuero y cromo. Paso junto a un Chevy salpicado de barro donde una puerta de repuesto oxidada rompe el maltrecho azul. Una pegatina descolorida en el parachoques presenta a un lobo aullando.

Otra: un perro con la pata ladeada y un arco delator de líquido salpicando el símbolo de Ford.

Encantador.

Cuando me acerco, la puerta se abre de golpe y un cambiante sale tambaleándose con la melena enmarañada y la camisa manchada de sudor, apestando a cerveza y orina. Un miércoles a las seis de la tarde.

Muy encantador.

—Disculpa. —Le tocaría el brazo para llamarle la atención, pero no sé dónde ha estado—. ¿Es este el club de lucha de cambiantes, el Shifter Fight Club?

El cambiante me mira boquiabierto y me pongo rígida. Voy vestida con un traje y una falda de Anne Klein en tono oliva que resalta mi cabello rubio y hace que mis ojos verdes se vean increíbles. Combinado con las medias más transparentes y mis Jimmy Choos de la suerte, por delante soy una mujer de negocios, una despampanante por detrás y *una muy sexy por debajo*.

No es que este insignificante lobo metamorfo vaya a saberlo alguna vez.

Su mirada recorre desde mis zapatos relucientes hasta mi elegante falda y mis caderas bastante generosas, desviándose alrededor del corte a mitad de mi cintura y deteniéndose directamente en mis chicas.

—Oye —le digo—. Mis ojos están aquí arriba.

El cambiante mira más alto.

—¿Hay luna llena? —dice—. Porque tengo la necesidad de aparearme ahora mismo.

Una mala frase para ligar. Genial.

—No —ladro, ya nada dispuesta a malgastar cortesía con este imbécil—. Estoy buscando...

Detrás del cambiante, la puerta del almacén se abre de

golpe y la música rock irrumpe en el soleado día. Un aullido de borracho llena el aire.

—¡Bebe, bebe, bebe, bebe!

Así como así, me siento de vuelta en el instituto.

Un barril de cerveza, cambiantes con el torso desnudo hacen paradas de manos. Mi corazón se agita mientras camino hacia uno. El hermoso y problemático chico de los ojos azules como el hielo. Se gira cuando me acerco y una sonrisa ilumina su rostro áspero. Me deja sin aliento...

—¿Señorita? Señorita... —El aliento empapado de cerveza en mi cara me hace retroceder—. No entraría allí si fuera tú —me informa solemnemente el lobo. Gran consejo. Lástima que no pueda aceptarlo.

—¿Este es el club de lucha? —le pregunto, y cuando asiente, golpeo la puerta con la palma de la mano, inspiro y contengo la respiración mientras me adentro en el tenebroso inframundo.

Mis ojos tardan un segundo en adaptarse a la penumbra. Las motas de polvo cuelgan suspendidas en el aire ahumado. A la derecha, un cambiante se encuentra detrás de una barra improvisada sirviendo bebidas a sus alborotados clientes. Un grupo de chacales vestidos de cuero beben chupitos. Unos pocos se balancean. Uno se sube a un taburete de metal y canta una canción para beber que suena vagamente irlandesa. No puedo asegurarlo porque arrastra cada palabra y maldice.

El local es cavernoso, con suelo de cemento y luz que se tamiza desde las ventanas cercanas a los techos. Quien reconvirtió este almacén no hizo un mal trabajo. La barra y los revestimientos son de madera reciclada. Hay algunas mesas altas de metal y cubiertas con madera pulida. No tiene mal aspecto, en realidad. Si le dieran una buena limpieza, tal vez un lavado a presión, el local parecería moderno, un lugar *hipster* para el *brunch*. Por supuesto, habría que cambiar los letreros del baño. Ahora mismo dicen: *Perras* y *sementales*.

Encantador.

Pongo los ojos en blanco y me hago a un lado cuando pasa un grupo de jaguares que se dirigen al bar. Llevan el cabello oscuro peinado hacia atrás y cuellos levantados como aspirantes a moteros de los años cincuenta. Algunos me miran con despreocupado interés y hago un esfuerzo para no volver a poner los ojos en blanco.

No encajo aquí. Por un lado, soy la única vestida de traje. Por otro, soy una loba. No hay muchas hembras en este lugar. Algunas zorras tal vez. Bueno, yo también puedo ser una zorra. Aprieto los dientes, mitad sonrisa, mitad gruñido, y me adentro a grandes zancadas en las sombras. Más cambiantes se agrupan, murmurando. Uno señala un cuaderno y su compañero saca una cartera. Por el rabillo del ojo, los billetes cambian de manos. Casi me detengo y miro fijamente esta flagrante apuesta de juego.

Hay una gran jaula alrededor de un escenario elevado. En el interior, un escuálido cambiante con cabello naranja empuja perezosamente una fregona. Un olor penetrante me pica en la nariz, el olor de la sangre.

Cuanto más me acerco al ring de lucha, más fuerte me llegan los olores. Sangre, sudor, orina en un miasma vertiginoso. Si la testosterona tuviera un olor, sería este. Arrugo la nariz, me abro camino entre las pilas de basura y me topo de bruces con un sólido muro de músculo.

—Oh, perdona...

—Cuidado, princesa. —Un estruendo como el de una avalancha proviene de un hombre corpulento y bestial. Levanto la vista y me quedo paralizada con la boca abierta. Unos ojos feroces me miran desde una cara devastada por la lucha. Brazos, cuello, mejillas, cualquier parte de él que no esté tatuada está cubierta de cicatrices. Las cicatrices por sí solas me hacen mirarle. Con la curación de cambiante, no son comunes, pero tampoco imposibles. ¿Cuánto daño ha sufrido este tipo que no sanó de inmediato, sino que le quedaron cicatrices?

Una fornida mano se cierne sobre mi codo como si estuviera listo para agarrarme y estabilizarme... o echarme.

—Este no es lugar para una dama.

—Yo...yo... —Esto es ridículo. Soy Sheridan Green de los Wolf Ridge Greens, líderes de la manada de Phoenix. Tanto mi tío como mi primo son alfas de manada. He navegado por la política de los hombres lobo desde antes de que pudiera caminar.

Miro fijamente su rostro lleno de cicatrices e intento recordar mi misión y mis modales.

—Te pido perdón.

—¿Buscas a alguien? —gruñe.

Me enderezo la chaqueta del traje buscando la compostura.

—Yo... Sí. ¿Está Garrett Green aquí?

El grandullón arquea una ceja.

—El alfa no viene aquí.

Me relamo los labios intentando pensar por quién preguntar.

—Me dijeron que había una operación de la manada.

—Te dijeron mal —me dice el grandullón. Es un cambiante, pero no puedo oler qué tipo de animal, aunque lo siento grande y melancólico bajo su piel intimidante. Definitivamente es un depredador supremo—. Esto aquí es independiente de la manada.

Mi cerebro se revuelve. Si la manada de Garrett no dirige este negocio, ¿quién lo hace?

—Pensé que este lugar estaba bajo la protección de la manada de Tucson.

El grandullón se encoge de hombros.

—Somos luchadores. Nos protegemos solos.

—Eso es... —Sacudo la cabeza, sin querer decir "una locura"—. Soy de la manada de Phoenix. Me enviaron aquí para averiguar qué sucede...

—Hola, Grizz. ¿Quién es tu amiga?

Me vuelvo hacia la voz sedosa y recibo mi segundo sobresalto de la noche. Grizz, el grandullón a mi espalda, se interpone entre el que habló y yo, pero no antes de que le sienta el olor a colonia. El seductor aroma cubre un olor desagradable, un aroma frío como una tumba con trasfondo de sangre vieja.

Mis labios se curvan hacia atrás y gruño:

—Un vampiro.

La sanguijuela es alta, demasiado alta, con un rostro de huesos finos tan bello que resulta inhumano. Su belleza es depredadora, letal como una flor venenosa. Hombres y mujeres que se sientan atraídos por él, antes de que sepan por qué, estarán muertos.

Sonríe mostrando un par de colmillos puntiagudos. Se me ponen los pelos de punta y mi loba se asoma.

—Atrás, Nerón —ladra el gran cambiante, interponiendo su musculoso hombro entre el vampiro y yo—. Es una invitada.

—Mi querido Grizz. —El vampiro extiende sus elegantes manos. Lleva un traje de mil dólares y botas de vaquero de piel de serpiente—. ¿No lo somos todos?

—Vamos. —Grizz me lleva hacia atrás, lejos del vampiro sonriente—. La oficina es por aquí. El jefe querrá hablar contigo.

Dejo que el cambiante con cicatrices —un oso pardo,

por supuesto— me guie alrededor de la jaula de lucha hacia la esquina del almacén, donde hay un despacho oscuro del tamaño de una habitación. Detrás de nosotros, el vampiro nos observa y le brillan los dientes en la penumbra. Reprimo un estremecimiento.

—Así que los rumores son ciertos —murmuro—. Este lugar ha ido a parar a manos de las sanguijuelas.

Grizz me lanza una mirada aguda y me empuja suavemente hacia la puerta del despacho.

—Alguien quiere verle, jefe —llama a la puerta.

La puerta se abre y recibo un tercer impacto. Pelo de punta, un aro en el labio, tatuajes oscuros que suben y bajan por brazos musculosos. Y esos ojos azul hielo que me atraviesan. Me balanceo como si me hubieran apuñalado y él automáticamente extiende sus manos para estabilizarme.

Es Trey Robson.

—*Sheridan*. —Es como la primera vez que pronunció mi nombre. Trey me mira como si dudara de que realmente estoy aquí. Soy alta pero él se eleva sobre mí. Y estoy perdida, ahogándome en el pasado, en el calor y el recuerdo de su mirada azul pálido.

* * *

Trey

Sheridan Green me mira fijamente como si hubiera salido de mis sueños, sueños húmedos, y se hubiera metido en mi vida. Mi lobo se aprieta contra mi piel, arañando para tocarla. No sé si gritarle a ella, cerrarle la puerta en la cara o llevarla al despacho y volver a familiarizarme con cada centímetro de su cuerpo.

11

Mi polla no es tan ambivalente. Sería fácil, tan fácil, demasiado fácil, tirar de ella hacia mí, levantarle la falda y ponerla contra la pared.

Entonces abre la boca.

—Quítame las manos de encima —espeta, y sus ojos verdes brillan.

—Joder —digo ronco, y la suelto como si me quemara—. ¿Qué está pasando? —le pregunto a Grizz sin apartar mis ojos de la cara furiosa de Sheridan.

El oso pardo se encoge de hombros.

—Entró buscando a Garrett para hablarle. Pensé que querrías saberlo.

—¿Garrett? —Me cruzo los brazos sobre el pecho, imitando la postura de Sheridan. Tiene los nervios de punta. Como si tuviera derecho a enfadarse conmigo después de lo que hizo—. Tu primo no está aquí.

—Ya lo entendí —dice—. Justo antes de encontrarme con un maldito *vampiro*.

Un gruñido me sube al pecho. No contra ella. No estoy contento con las sanguijuelas.

—Entra. —Doy un paso atrás, manteniendo la puerta abierta del despacho. Sheridan entra y gira en círculo con las manos en las caderas. Por un momento veo el despacho a través de sus ojos. Pilas desordenadas de papeles y la tenue luz del resplandor de un antiguo ordenador de escritorio. Latas de cerveza desbordándose de la papelera. No es exactamente un ambiente profesional de trabajo.

No importa. Es asunto mío, hago las cosas cuando quiero, como quiero. Me cansé de tratar de complacerla, esos días se han terminado. Sheridan rompió cualquier lazo que alguna vez tuvimos el uno con el otro.

Una vocecita me susurra en mi cabeza: "Te lo merecías". Tengo que admitir que pulvericé los sentimientos que teníamos tan eficientemente como pude. Nuestra relación estaba con soporte vital cuando terminé con ella, pero Sheridan fue quien me clavó un cuchillo en el corazón y lo retorció hasta que no quedó nada. Ni amor ni sentimientos. He sido una cáscara desde entonces.

—Un vampiro, Robson, ¿en serio? ¿Qué diablos pasa?

Diablos. Sigue sin decir palabrotas. Aún es la princesa perfecta de la manada, trabajando tan duro para complacer a todos. A su familia, su manada, su alfa, a todos menos mí. No tiene problemas para tratarme como basura.

Ahora mismo me mira por encima del hombro, como si fuera mierda de perro en su zapato de diseñador. Pero sus elegantes tacones altos hacen que las piernas debajo de su falda se vean largas y sexys.

Arqueo las cejas y le devuelvo la mirada. ¿Quién coño lleva tacones altos a un club de lucha clandestino?

—¿Qué haces aquí, Sheridan?

Una uña perfectamente pulida se me clava en el pecho.

—Respóndeme primero, lobo. ¿Por qué hay una sanguijuela por ahí? Este es territorio de la manada. ¿Por qué no la has echado y sentado un ejemplo?

—No puedo. Pertenece a Lucius. Tenemos un trato.

Sheridan inhala profundamente.

—¿Haces tratos con vampiros?

—Joder. —Me doy la vuelta frotándome el cabello con la mano. Odio las sanguijuelas más que nadie. Han convertido mi sueño en una pesadilla—. Es complicado.

—Explícate.

Vuelvo sobre ella con un gruñido.

—No soy tu lobo. —Una vez lo fui, pero nunca más. Por eso esto es tan difícil—. No respondo ante ti.

Ella se endereza, levanta la barbilla en la postura obstinada que conozco tan bien.

—Estoy aquí en nombre de la manada de Phoenix.

—¿El padre de Garrett? Deberías hablar con Garrett.

—Pensé que estaría aquí.

—Este no es territorio de la manada. Ya no. —Trago saliva para detener a mi lobo que gruñe en mi pecho. Odia las sanguijuelas tanto como yo—. Hicimos un trato con el nuevo capo.

—No puedo creerlo. Los lobos que conozco nunca tratarían con vampiros...

—La Sheridan que conocí nunca elegiría su propia gloria por encima de sus amigos. Oh, espera, sí lo hizo.

Ella palidece.

—Eso fue hace años —susurra—. Pensé que lo habrías superando.

Nunca. Nunca lo superaré. Si hablo, le suplicaré como un perro para que regrese conmigo, me perdone, cualquier cosa. En lugar de responder, enarco burlonamente una ceja. Soy cruel pero se lo merece.

Aparta la mirada y el color vuelve a sus mejillas con un rubor. Un zarcillo de cabello se enrosca alrededor de la forma perfecta de su oreja. Cierro la mano en un puño para evitar tocarlo.

Después de un minuto, Sheridan se da la vuelta con frialdad en su rostro que parece una máscara.

—Vengo en representación de la manada de Phoenix. Hemos oído que el club de lucha está trayendo problemas. El alfa Green me envió para averiguar qué sucede.

—Para espiarnos, quieres decir. —Ladeo la cabeza y muestro los dientes en una desagradable apariencia de sonrisa—. Como en los viejos tiempos.

Se estremece ante eso. Me señala.

—Me gustaría sentarme con Garrett para hablar sobre esta nueva presencia de vampiros y lo que significa.

—Entonces llámale. Estoy seguro de que tu primo estará encantado de saber de ti. ¿O no hablas con él?

Aprieta los labios juntos y hace un pequeño movimiento con la cabeza.

—Imagínate. Es casi como si ya nadie confiara en ti desde que nos traicionaste —le recuerdo.

—¿Alguna vez vas a olvidarlo?

—No. —Sonrío para ocultar el destello de dolor. Es tan hermosa. Tan perfecta. Tan fuera de mi alcance. Su padre tenía razón. Nunca debí haber puesto mis sucias garras en ella.

—Mira. —Su voz se suaviza—. No soy la mala aquí. Este club de lucha —mueve los dedos hacia la puerta— está llamando la atención. Policías, FBI, CIA.

—Espera. —Levanto una mano para detenerla, maldiciendo mentalmente al agente Dune y su maldita crisis de mediana edad—. Ese asunto con la CIA no iba con nosotros.

Ella niega con la cabeza.

—Estabais involucrados. Y ahora la cosa está que arde; os burláis de los humanos delante de sus narices. Apuestas. Peleas ilegales. Drogas.

—Oye —extiendo las manos—, no tengo nada que ver con las drogas.

Se inclina hacia adelante y olfatea mi ropa intencionadamente.

—La última vez que lo comprobé, la hierba recreativa no era legal.

Pongo los ojos en blanco:

—Tal vez tenga una prescripción.

—No me importa la hierba. Me preocupo por cosas más pesadas. *Sucre sang* —pronuncia las palabras en francés—. *Sugar blood*. Es una nueva droga que está en las calles y es mortal. —Hace una pausa con la mirada perdida por un momento—. Por eso los vampiros están aquí —se dice a sí misma como si acabara de descubrirlo.

Me quedo callado, absorto en su traje elegante. Se ve bien. Lleva más maquillaje del que solía usar, su cabello castaño está bien recogido, pero el traje impecable no oculta sus curvas perfectas.

Sheridan. Joder. Es dulzura y veneno en un mismo paquete. Como para demostrarlo, me enfrenta.

—Esta pequeña guerra territorial con las sanguijuelas deja claro al alfa Green que no podéis estar solos. Necesitáis nuestra protección. Tal vez, incluso volver a formar parte de la manada de Phoenix.

—¿Qué diablos? —No puedo mantener la voz baja—. Hemos estado solos durante años, desde que tú...

—Solo existes porque nosotros lo permitimos —dice fría como una jueza que pronuncia una sentencia de ejecución —. Cierra el Shifter Fight Club, Trey. O lo haré yo.

Capítulo Dos

Doce años atrás

Trey

Lobas en bikini, botellas de cerveza vacías, arena entre los dedos de los pies. El parque estatal San Clemente es el lugar perfecto para acampar con la pandilla en un fin de semana de octubre.

Mi madre es fácil de convencer, pero no estoy seguro de cómo la mayoría de los chicos lograron que sus padres los dejaran venir; debe ser porque Garrett, nuestro futuro alfa, encabezó el viaje. O eso o mintieron y dijeron que era una excursión escolar.

Sé que si yo fuera el padre de Sheridan Green, nunca la dejaría dormir cerca de personas como nosotros. De mí. Porque está en serio peligro de que la marque aquí y ahora.

Y no es solo un decir.

Nunca hemos salido antes porque nos movemos en círculos totalmente diferentes, pero de alguna manera terminamos jugando *frisbee* en el agua esta tarde. Ahora se apoya contra mí frente a la pequeña hoguera de la playa que

17

alguien encendió y la piel de su hombro desnudo calienta la mía, su aroma se impregna en mis fosas nasales. Todavía no la he tocado, principalmente porque no confío en mí mismo. Ni siquiera puedo creer que estemos pasando el rato. Reina del baile, miembro de la realeza de la manada, estudiante sobresaliente: ella es todo lo que no soy. A los diecisiete años, trabaja en las oficinas superiores de Wolf Ridge con el resto de la élite, no en el piso de la fábrica como mi madre y yo.

Y es la loba más *hermosa* que esta manada haya visto.

Pensé que saldría con un chico de otra manada, alguien como su primo Garrett, que es alfa y lo tiene todo. O incluso Jared, que al menos tiene un pedigrí mestizo con la manada.

—¿Sabes lo que no puedo entender, Robson? —Su voz es ronca, suave, así que solo yo puedo escucharla.

—¿Qué, cariño? —Le doy una calada al porro que Jared me pasó y se lo entrego. Ella sacude la cabeza, pero no siento juicio.

—¿Por qué un tipo tan inteligente como tú se sienta en la parte de atrás durante la clase? Si te aplicas, podrías obtener acceso completo a la universidad de algún lugar.

Mi pecho se aprieta pero fuerzo una risa. Descarté la universidad hace mucho tiempo. Probablemente en el momento en que mi maestra de octavo grado me dijo que era tan inútil como mi padre encarcelado y que debería meter el culo en el instituto vocacional—. ¿Qué te hace pensar que soy inteligente?

—No estarías en las clases avanzadas si no hubieras pasado el examen. Y superas todos los exámenes aunque nunca te vea estudiar.

Me ha estado prestando atención. Eso en sí mismo hace que mi mundo se estremezca y se reorganice.

—No, la escuela no es para mí. No soporto la autoridad.

—Le muestro mi sonrisa de chico malo; ella se inclina hacia mí, sus ojos verde bosque se iluminan con las llamas.

—Sigues *su* autoridad. —Levanta la barbilla en dirección a Garrett Green, el hijo de nuestro líder de manada.

—Él es diferente. —En serio. Garrett puede ser ciento por ciento alfa, pero es uno de nosotros. Tampoco le importa la escuela o la autoridad. No seguirá la línea del partido. Le ha dicho a su padre que nunca dirigirá la fábrica de cerveza. Pero más que nada, es un amigo. Es tan leal a su reducida manada de lobos adolescentes como nosotros a él. Haría cualquier cosa por nosotros.

He tenido muy poco de eso en mi vida, así que sí, me mantengo cerca. A donde él va, yo le sigo. Y estamos seguros de que no iremos a la universidad para convertirnos en ejecutivos de Wolf Ridge Brewery.

Sheridan vuelve su mirada hacia el fuego.

Al otro lado, Garrett aúlla y se quita el bañador. Con un grito de excitación, el resto de los chicos le siguen dejando caer los bañadores y se ponen a aullar. Un grupo de chicas, también lo hace, llamándonos a mí y a Sheridan. Ella se pone de pie y vacila, lanzándome una mirada insegura.

Por mucho que desee ver a Sheridan Jones desnuda, de ninguna manera voy a permitir que lo haga frente al resto de la pandilla. Sí, todos hemos estado transformándonos juntos desde que éramos niños, pero fue antes de la pubertad, antes de que nuestros dientes llevaran el suero capaz de marcar permanentemente a una hembra.

—Aquí no, cariño. —La cargo por la cintura y corro, llevándola hacia el grupo de tiendas mientras ella se ríe y lucha contra mí para que la baje.

La dejo caer delante de su tienda y le doy la espalda.

—¡El último en cuatro patas es un huevo podrido! —Me

quito el bañador y me muevo mientras ella todavía sigue agachada en la tienda.

Chilla de frustración y sale corriendo con su pelaje espeso y brillante. Corre a toda velocidad hacia el agua y yo la persigo pisándole los talones; mi lobo ya listo para aparearse, para marcar.

Abajo, chico. Sheridan Jones está tan fuera de los límites como una monja del Vaticano.

A mi lobo no le importa una mierda.

La quiere a ella. Preferiblemente en forma humana, desnuda y en la playa.

La quiere esta noche.

* * *

Presente

Sheridan

Por un segundo Trey solo me mira con los ojos muy abiertos como si le hubiera disparado en el pecho.

Otra vez.

El dolor y la vergüenza de aquella noche vuelven a mí como una oscura niebla rondando mi cuerpo. Me he esforzado tanto estos últimos doce años para liberarme de ella y creer que hice lo correcto. Especialmente porque la manada de Tucson le ha ido muy bien.

Mi primer novio se da vuelta y patea la pata del escritorio.

—Joder —espeta—. Joder, a la mierda. —Patea una papelera que sale volando.

—Encantador —digo, deteniendo con el pie una lata de cerveza rodante—. Siempre fuiste tan elocuente.

—Nunca fuiste tan zorra —me responde y me estremezco.

—No puedo creer que alguna vez te amara —murmuro. No quiero que me oiga, pero levanta la mirada bruscamente con la rabia subiéndole por el cuello. Estúpida audición sensible de lobo.

Levanto la barbilla desafiándole a comentar.

—¿Qué coño es esto, Sheridan? —Hubo un tiempo en que me derretía cuando decía mi nombre, lo cual es muy inconveniente recordarlo ahora mismo. Trey está enfadado. Muy efadado. Pero la loba que hay en mí siente su calor y lo interpreta de manera diferente. Recuerda cuando el gran cuerpo de Trey y toda su ira con el mundo se convirtieron en una pasión desenfrenada que desató sobre mí. La alquimia perfecta.

—Apareces después de doce años hablando a lo grande... Déjame explicarte algo, cariño. —Me señala con el dedo—. No tienes la autoridad aquí.

—Mi alfa sí.

—¿Así que vas a dar la media vuelta y correr hacia él? Siempre fuiste buena para delatarnos. Doce años no te han cambiado nada.

Me sonrojo. Punto para el lobo enfadado.

—No es por eso que estás aquí —prosigue Trey; me acorrala dejándome ver los músculos contraídos de su pecho y de repente no puedo pensar con claridad—. Creo que te cansaste de tu pequeño lugar en la manada y de tu muy bonita vida. ¿Es así, cariño? —Los bordes sombreados del tatuaje de su cuello llenan mi visión. Hace calor, casi demasiado calor para respirar—. Siempre quisiste caminar por el lado salvaje. Por eso estábamos juntos. Yo quería poner mis sucias zarpas sobre una princesa y tú... —su aliento me calienta el oído y me siento mareada— querías conocer el submundo.

Da un paso atrás para examinar mi expresión aturdida y una mirada satisfecha aparece en su rostro. La sangre se me acelera cada vez más, mi loba quiere saber por qué todavía tenemos tanta ropa puesta.

—Por eso estás aquí —agrega Trey y cruza los brazos sobre su amplio pecho—, por otra dosis de vida marginal. Luego volverás a tu cómodo trabajo, después de arruinar todo lo que he hecho. Porque todavía buscas venganza.

—Esto no es personal.

—¿Qué mierda no lo es? —Cuando niega sacudiendo su hermosa cabeza, reconozco el destello de dolor debajo de la pose del luchador. Es lo que me atrajo de Trey cuando éramos adolescentes, lo que le daba profundidad. No era otro tonto seguidor de Garrett. Sus emociones eran intensas y aunque las reprimía la mayor parte del tiempo, salían a través de sus puños y conmigo, a través de la pasión.

Solo quiero acercarme y consolarle. Tan enfadado como está, sé que no me hará daño. Nunca me haría daño.

—Todavía me la tienen jurada.

—No es así. —Trago saliva intentando humedecerme la boca. Necesito recordar por qué vine aquí. Necesito tener presente que Trey es un jugador, cualquier atracción que sienta por el cuerpo del precioso luchador pronto desaparecerá, porque en el fondo es un embustero y un tramposo—. Yo represento a la manada.

—No a mi manada.

Quiero gritarle, preguntarle por qué se hace el estúpido.

—La manada de Phoenix. Wolf Ridge. Tu vieja manada.

—Esa nunca fue mi manada. —Apenas mueve los labios.

—Por favor —me mofo—. Díselo a tu madre. Por cierto, te echa de menos. Todavía trabaja en la fábrica, la veo todas las semanas.

Entrecierra los ojos.

—Hablo con ella dos veces por semana.

De acuerdo, tal vez insinuarle que abandonó a su madre fue un golpe bajo.

—Sabes, me sorprende que tu padre te deje descender de lo alto para mezclarte con los plebeyos. —Merodea a mi alrededor y lucho contra el impulso de girarme, enfrentarle, evitar darle la espalda. Es el depredador más grande de la sala y mi loba lo sabe. No debería estar tan excitada. Un poco más de excitación en mi aroma y Trey y cualquiera que entre en este lugar sabría cómo me siento realmente. Mi loba quiere treparse a él como a un árbol alto y tatuado.

¡Basta, chica!

—No soy una princesa de la manada.

—Podrías haberme engañado. ¿Qué te hicieron cuando te graduaste de la universidad? ¿Directora general?

—Soy vicepresidente de finanzas. —Cruzo los brazos sobre mi pecho—. Pero me lo he ganado.

Trey se burla.

—En serio. Hice prácticas todos los veranos. Cuando me gradué con mi MBA, había trabajado en todas las áreas de la empresa.

—¿Todas las áreas? —A pesar de sí mismo, suena impresionado.

—Sí. Piso de fábrica, conserje. Incluso pasé un verano haciendo marketing en nuestros eventos patrocinados y al aire libre. Cuando nos faltaba personal, ayudaba donde fuera: camarera, incluso detrás de la barra.

—¿Serviste bebidas? —La voz de Treys es seca,

incrédula.

—Sí.

—Bien, necesitamos una camarera que pueda hacer cambios. Miércoles por la noche, siete de la tarde. Ponte la falda —se burla de mi atuendo—. Pero olvídate de la chaqueta.

—¿No me has escuchado? Ya no puedes organizar peleas aquí. Llamas la atención.

—Entonces tú no has prestado atención, cariño. —Trey me acorrala y el calor se apodera mi cuerpo. Le miro fijamente. Cada nervio suena como una alarma de incendio. *¡Evacua ahora!*—. De ninguna manera dejaré de hacerlo.

Se mueve hacia adelante con los ojos puestos en los míos. Inclinando la cabeza, inhala largamente.

—Vainilla y naranja —ronronea con su voz grave, y la excitación se acumula entre mis piernas—. Muy agradable.

—Es el sabor de nuestra nueva línea de cervezas de temporada —repito como un loro el discurso de marketing de mi empresa—. Cervezas de trigo. Muy populares. —Mi cerebro se ha puesto en piloto automático, todas las neuronas disponibles se desviaron para impedir que agarrara los abultados bíceps de Trey con ambas manos y me restriegue contra él como un gato.

—Sea lo que sea, me gusta. Hueles lo bastante bien como para comerte. —Sus ojos brillan plateados, es su lobo quien me mira. Nada bueno.

Le piso un pie con mi tacón, bastante fuerte como para que el tacón puntiagudo atraviese el grueso cuero de la bota.

—¡Oh! —grita, saltando hacia atrás—. ¿Qué demonios?

—Maldita sea —siseo, levantando la pierna. El tacón se ha roto. Señalo sus botas—. ¿Son de acero?

—Regulación de fábrica. —Sus labios se curvan de nuevo. Dios, ¿alguna vez me mirará con algo más que desprecio?—. Ya conoces a los Robson. No tiene sentido desperdiciar una educación universitaria en nosotros. Trabajamos en la planta.

—Basta —espeto, ya no molesta por mi zapato. Detesto cuando insinúa que no es lo suficientemente inteligente—. Tienes cerebro, Trey. Te lo dije hace años. Simplemente eliges no usarlo. —Me levanto la falda y apoyo el pie sobre el escritorio, mostrando la pierna justo delante de él.

—¿Qué haces? —Trey se ahoga.

Un hilo de satisfacción serpentea por mi garganta. Puede que haya perdido un tacón, pero estoy recuperando el equilibrio.

—Voy a quitarme los zapatos. —Deslizo los dedos por mi muslo para desabrochar las ligas—. Pero primero tengo que quitarme las medias. No quiero que se ensucien.

La nuez de Adán de Trey se mueve visiblemente cuando traga saliva. Se relame los labios mirándome las piernas.

—No puedes salir con los pies descalzos.

—Soy una loba dura —respondo deslizando las medias por la pantorrilla. Puede que me demore uno o dos segundos más de lo estrictamente necesario, pero la mirada atónita en el rostro de Trey vale la pena—. Mírame.

* * *

Trey

Por un segundo, lo hago. Veo el espectáculo y, por cosas del destino, me encanta. Los delgados dedos de Sheridan retiran la media revelando una pierna perfecta. Se quita una, luego la otra, las enrolla y las mete en la puntera del zapato roto, enderezándose para lanzarme una mirada triunfal.

—Si no estás dispuesto a discutir las cosas como una persona razonable, esta conversación se ha terminado. —Sin zapatos, gira para irse. De ninguna manera caminará descalza por el club, mi club, con el suelo cubierto de cristales rotos, suciedad y vaya a saber qué más.

Con las caderas balanceándose, da un paso hacia la puerta.

—No tan rápido. —La agarro por la cintura y la cargo fácilmente sobre mi hombro. Ella lucha, gritando, las piernas pateando impotentes mientras la sujeto como un bombero.

—Qué diablos —grazna, pero me muevo dando zancadas a través del club, pasando por los asustados cambiantes. Unos pocos se giran y señalan, tapándose la boca con la mano al verme cargando una falda desde mi despacho. Por el rabillo del ojo, veo a Grizz. El enorme oso cambiante sacude la cabeza.

—¡Trey! Bájame ahora mismo o ayúdame...

—Sigue gritando, cariño. —Me río, liberando mi mano derecha para darle una nalgada en su dulce trasero—. Asegúrate de que nadie se pierda el espectáculo.

—¡Te voy a matar! —Sheridan brama, sus puños golpean mi espalda. Es fuerte, pero yo soy más fuerte.

—Puedes intentarlo. Lo llamaremos una audición. Estamos pensando en conseguir más luchadoras. Tal vez las haga luchar en el barro, desnudas. Pagaría para ver eso.

—Tú, tú —su voz se desintegra en un gruñido mientras me clava las uñas. El escozor se dispara directamente a mi polla. Maldita Sheridan, causándome dolor, mi polla solo la ama más. Ella podría cortarme al medio, y aún así eyacularía.

—Eso es, bebé, arráncame un pedazo de piel. Me gusta —murmuro cuando pateo la puerta y salgo a la noche. Sheridan gruñe pero deja de forcejear con tanta fuerza. Disfruto de los últimas zancadas por el aparcamiento. Paso junto a una pandilla de moteros curiosos y voy directamente al coche de Sheridan, el Mercedes convertible blanco que su padre le regaló por la graduación. El regalo perfecto para su angelito perfecto.

La dejo caer directamente en el asiento delantero tan suavemente como puedo, antes de retroceder rápidamente. No quiero que me dé un puñetazo en la polla.

—¿Dónde te alojas? —Tengo que preguntarle, nada detendrá la necesidad en mí de cuidarla y asegurarme de que esté a salvo.

Me mira con el pelo alborotado, las mejillas enrojecidas y los ojos brillando de rabia y... algo más.

—Alquilé por *airbnb* en Meyer Street. Cerca del centro de convenciones.

No puedo concentrarme en sus palabras porque el aroma de su excitación me invade y me tropiezo hacia atrás. Oh, destinos. Está excitada.

—Bueno, quédate ahí, cariño —le digo—. No vuelvas.

Acelera y deja un rocío de grava. Me quedo de pie, inquebrantable, mientras las piedritas me salpican los vaqueros. El pinchazo no es nada que no merezca.

—Trey. —Una silueta alta y oscura emerge de las turbias sombras que rodean las motos. Mi mejor amigo, Jared, se acerca con el ceño fruncido de incredulidad. Señala con el pulgar en dirección al Mercedes en retirada—. ¿Fue eso...?

—Sí —respondo girando sobre mis talones para regresar al club. No quiero hablar al respecto.

Sheridan Green. Joder.

Capítulo Tres

Doce años atrás

Sheridan

—Escuché que has estado saliendo con el chico Robson. —Mi mamá lo menciona casualmente durante la cena, sabiendo muy bien que va a llamar la atención de mi padre.

Mi padre deja de masticar su filete y baja el tenedor:

—¿Perdón?

Pongo los ojos en blanco y me meto un bocado de filete en la boca.

—Salgo con muchos chicos. —No es mentira, pero *es* una respuesta bastante cobarde. Trey significa más para mí que otros lobos. Y no solo pasamos el rato, es mi novio.

Mis amigos no lo entienden. Trey tiene condiciones de alfa. Su madre es básicamente marginal en esta manada y tiene suerte de que nuestro alfa la dejara quedarse en Wolf

Ridge después de que el borracho del marido causara todo tipo de problemas con la policía humana.

Pero sé la verdad. Trey puede parecer un rebelde con su *piercing* en el labio y esa cantidad de tatuajes. Podría pasar por un matón porque es rápido para meterse en peleas con su amigo Jared, pero no es un gamberro. Es tranquilo. Y, según he aprendido, es considerado. Súper inteligente. "Las aguas tranquilas son profundas".

Definitivamente le subestiman.

Tal vez tenga una inclinación por arreglar cosas rotas. Tal vez me fascine la atracción de sus conmovedores ojos azules, los que siempre me miran y se tornan plateados bajo la luz de la luna.

O tal vez simplemente no haya explicación para la atracción: nuestros lobos se gustan y nosotros solo nos dejamos llevar.

De cualquier manera, sé que Trey es el indicado. El tipo al que le daré mi virginidad.

—No quiero que pases tiempo con él o con chicos como él —sentencia mi padre, cogiendo el cuenco humeante de patatas al horno y sirviéndose dos más.

—¿Por qué? —Mi voz sale más fría de lo que pretendía, lo cual es un error.

Mi padre levanta la mirada bruscamente leyendo la voz, sabiendo lo que infiere.

—Porque son problemáticos, y lo sabes. Esos chicos no van a la universidad. No van a ninguna parte. Están muy por debajo de ti.

—Crees que todos los lobos están por debajo de mí, papá.

—Porque la mayoría lo está. Deberías enfocarte en la universidad ahora. Mantener tus calificaciones altas y tu nariz limpia.

Hago un espectáculo mirando alrededor del comedor con desconcierto. Mi hermana pequeña, Ruby, se ríe.

—¿Han bajado mis calificaciones? ¿Alguna vez me meto en problemas? —pregunto.

Mi papá aprieta los labios.

—No —respondo por él—. Mi nota media es 4.2, todavía estoy en la sociedad de honor, en el equipo de matemáticas de Varsity, soy editora del anuario y...

—Lo sé —interrumpe mi padre—. Simplemente no quiero que pierdas tu norte. No cuando estás tan cerca. —Mis padres tienen mucho en juego con mi éxito. Mi hermano solía llevar la peor carga de su ambición. Ahora todo recae en mí.

Miro a mi madre en busca de ayuda pero niega con la cabeza. A ella tampoco le agrada la idea de que me siga viendo con Trey. Mis padres preferirían verme con el príncipe de una manada vecina. Un partido real.

—Es mi último año de instituto. Ya he superado los exámenes. Entregué mis solicitudes universitarias. Creo que se me permite un poco de diversión. ¿No podéir decirme que vosotros dos al menos no intentaron disfrutar de su juventud antes de que terminara? —Me han contado bastantes historias sobre su romance en el instituto para que entienda que se divirtieron mucho.

Mi madre mira a mi padre entornando las pestañas y se sonroja; siento en el pecho el dulce calorcito de siempre que veo cuánto se aman.

—Bueno, igualmente no quiero que salgas con el chico Robson —se queja mi padre.

Esta vez no puedo traicionar a Trey negando nuestra relación.

—Creo que es hora de que confíes en mí y en mi propio juicio. Soy prácticamente una adulta.

Mi papá suspira, pero puedo ver que he ganado de momento.

—Cuento con que seas responsable.

Esbozo una sonrisa picante.

—¿Cuándo no lo soy?

* * *

Presente

Sheridan

Todavía respiro con dificultad cuando ingreso en el camino de entrada de la casita que encontré en *airbnb* para esta breve y divertida estadía en Tucson. Por *divertida* me refiero a cualquier cosa menos esto. Debo de haber enloquecido para haberme ofrecido como voluntaria para este trabajo.

"Es mejor haber amado y perdido, que nunca haber amado en absoluto".

—Sí, claro —murmuro. Quienquiera que haya compilado el estúpido calendario de citas sabias debería intentarlo entonces: amar mucho y que le arranquen el corazón. Cirugía de *bypass* sin anestesia.

"El infierno no tiene la furia de una mujer despechada". Esa me gusta más.

Mi móvil suena justo cuando, descalza, subo por la acera delantera con los tacones rotos en la mano.

—¿Hola? —respondo con la mente en blanco por los acontecimientos de la noche. El maldito Trey Robson. Todavía sigue estando bueno. Todavía es guapo. Y muy molesto. ¡¿*Cómo se atreve a cargarme en su hombro como... como a una mujercita?!* ¿*Quién diablos se cree que es?*

—¿Sheridan? —La voz de mi padre rompe la neblina del enfado—. ¿Estás ahí?

—Hola, papá. Sí, estoy aquí.

—¿Cómo está Tucson?

"No hay palabras para expresarlo".

—Está bien. —Hago malabares con el teléfono mientras saco las llaves—. Fui al club de lucha hoy. Garrett no estaba allí, pero hablé con uno de ellos. —*Estuve a los gritos, más bien.*

—Vale, vale. —Mi papá suena un poco distraído—. Emmett está haciendo algunas llamadas por su parte, pero me adelanté y reservé dos meses la casita. Por si acaso.

La primera llave que meto en la cerradura falla. Lucho por encontrar otra y se me cae uno de los zapatos.

—Gracias, papá. No tenías que hacerlo. Tengo mi propio dinero. Era vicepresidente, ya sabes.

—Todavía eres vicepresidente —dice mi papá con firmeza—. Le dije a la junta directiva de la empresa que solo te tomabas un descanso. Que la manada necesitaba a alguien para manejar este desastre de Tucson y tú eras en quien confiaban.

—Sí. —Pruebo otra llave y se atasca. *Por el amor del cielo.* A este ritmo dormiré en la puerta.

—Arreglarás todo y volverás antes de que te des cuenta. No es lo mismo sin ti. Simplemente no tardes demasiado. —Su voz adquiere el tono de sonsonete que me indica que está a punto de hacer una broma—. Te necesito de vuelta aquí para poder retirarme.

—Ja, ja. —Finjo reírme. En cuarenta años como director financiero, mi padre no se ha desviado de su rutina diaria. El mismo escritorio, las mismas reuniones, el mismo calendario de citas sabias. El día en que se retire será el día en que los lobos vuelen.

Encajo otra llave en la cerradura. Esta vez se desliza fácilmente, pero el pomo no gira. Con un suspiro dejo el bolso y antes de volverme a la puerta, un pinchazo de advertencia me recorre la espina dorsalbral. Me doy vuelta hacia la carretera.

Un elegante vehículo negro con cristales tintados entra en el callejón sin salida pasando lentamente. No puedo ver quién conduce. Al final del trayecto, parece detenerse y se me ponen los nervios de punta.

—Una cosa más y te dejaré ir. —El tono de mi padre se vuelve formal—. No sabemos qué sucede exactamente con la manada de Garrett, pero hay rumores de que los vampiros se han mudado a Tucson. No los amistosos, sino unos que quieren establecer una nueva base de poder. Si reclaman territorio de la manada, podría desembocar en una guerra. Cuídate las espaldas.

—Lo haré —susurro. Sin hacer ruido, el misterioso coche comienza a moverse de nuevo y avanza por la carretera.

Finalmente, ¡finalmente!, la llave gira. Abro la puerta de un tirón, entro en la casita de alquiler que huele a rancio, me agacho para recoger el zapato roto y casi se me cae el teléfono.

—Cuídate. Contamos contigo. —Nos despedimos y entro tambaleándome en la casa, dejando que todo lo que llevo encima caiga y repique en el suelo. Cierro la puerta y echo el cerrojo, mi mente corre como un ratón. ¿Quién iba en ese coche negro?

Levanto el teléfono del suelo e instintivamente busco entre mis contactos. ¿A quién debo llamar? El alfa Green tiene cosas más importantes con las que lidiar. Además, espera que complete esta tarea por mi cuenta. Por eso me eligió a mí.

Llama a Trey. Tan pronto como aparece, elimino ese pensamiento. No he llamado a Trey desde que la época del instituto. Probablemente ni siquiera tenga su número.

Pero cuando tecleo el apellido Robson, lo tengo. *Robson, Trey*. Recuerdo su tic de cada vez que lo llamaba por su apellido esta noche. Lo odiaba. Me encantó que todavía puedo afectarle. Si él no me ama, me quedaré con su odio.

Mi dedo se cierne sobre el número tan familiar. Ahora que lo veo, lo recuerdo, me lo sabía de memoria. Hubo un día en que era la primera persona con la que él hablaba por la mañana, la última voz en mi oído por la noche. Pero no me he apoyado en Trey en mucho, mucho tiempo.

Sal de aquí, cariño. No vuelvas, recuerdo que me dijo.

Sostengo el teléfono en mi mano y lo aprieto tan fuerte como para escuchar el crujido del plástico.

"Nunca, nunca, nunca te rindas".

No tengo dieciocho años ni soy inocente y vulnerable; ni presa fácil para un tipo como Trey. No es como si pudiera romperme el corazón. No otra vez.

Esta vez, no se librará de mí tan fácilmente.

Capítulo Cuatro

Doce años atrás

Trey

El propio alfa Green nos recoge de la comisaría después de dejarnos pasar la noche en la cárcel. Todos tenemos dieciocho años, así que fuimos al condado.

Emmett Green es enorme, imponente, como Garrett. El tipo nunca sonríe pero ahora mismo parece listo para cometer un asesinato.

—Posesión de marihuana. —Su voz lanza una condena. Es ley de manada mantenerse alejado de los problemas con las autoridades humanas, y el hecho de que su propio hijo haya sido detenido debe de cabrearlo más.

—Alguien se la agarra con nosotros —comienza a decir Garrett, pero su padre ladra:

—Ni una palabra.

Garrett tiene razón. Alguien le avisó a la policía. Específicamente los agentes se presentaron en la escuela para registrarnos a los tres. Tiene que ser alguien cercano a nosotros, alguien que sepa dónde cada uno tenía sus escondites: yo debajo del asiento de mi moto, Jared en el bolsillo de su chaqueta; Garrett en su coche.

Alguien quiso meternos en problemas.

El alfa Green honra su propia petición de silencio, dándonos el trato de hielo durante todo el viaje a casa.

No, no a casa. Conduce directamente a la casa del club de la manada. Garrett, Jared y yo intercambiamos miradas mientras una idea helada se desliza por mi espina dorsal.

Convocaron a una asamblea.

Por nosotros.

No es nada bueno.

Cuando entramos, es justo como temía. Todos los adultos de la manada se sientan a esperarnos y cae un silencio sepulcral.

Un zumbido comienza a sonar en mis oídos. Lo reconozco porque es el que sentí cuando mi padre golpeaba a mi madre. Cuando llegaron los policías y se lo llevaron. Cuando los niños de la manada cuchicheaban sobre mí y los adultos se reunieron para discutir si debían permitir que mi mamá y yo nos quedáramos con ellos.

Mi cara se siente caliente, los dedos y la lengua entumecidos

Nos llaman, uno por uno y nos interrogan. Ni siquiera sé lo que se dice. Respondo con sinceridad, mecánicamente. No hay estrategia, no hay pensamiento. Ya he pasado al modo *la vida ha terminado*.

Nos sentamos mientras la manada delibera.

No es hasta que Lance Green, el padre de Sheridan, se levanta para despotricar contra nosotros, diciendo que debemos ser un ejemplo y que somos un peligro para los lobos más jóvenes, cuando se acomodan las piezas.

Se arrepentirán de esto.

Sheridan.

¿Estaría tan enfadada como para delatarnos? ¿Llamó a la policía para que nos arresten?

Por la mirada de satisfacción que el senñor Green me dirige, estoy bastante seguro de que lo hizo.

Nuestro alfa no parece muy contento, vota contra nosotros, y sin más, nos expulsan de la manada. No permanentemente, es una prohibición de cuatro años después de la cual podremos solicitar una reevaluación de nuestro estado.

Las manos de Garrett se cierran en puños, se pone de pie y se marcha.

Jared y yo le seguimos acompañados por el sonido de los sollozos entrecortados de mi madre.

* * *

Presente

Sheridan

El miércoles por la noche entro en el lote de grava del Shifter Fight Club, aparco y salto del coche como si hubiera presionado un botón de expulsión. La puerta se cierra tan de golpe que la reviso en busca de abolladuras. Una multitud de moteros se da vuelta y me mira. Los ignoro mientras camino a zancadas por el hormigón roto, enfocándome en la puerta del club. Es eso o mandarles a la mierda.

Estoy cachonda y enfadada, cansada de dar vueltas y vueltas toda la noche con mis partes inferiores palpitando. Me negué a descargarme por principio. No voy a acostarme en la cama y tocarme mientras imagino a Trey Robson y todas las cosas que nos decimos. No voy a hacerlo.

¡No! Mi bota se conecta con un trozo de roca y cuando la pateo con más fuerza de la necesaria, sale volando y casi le da a uno de los aspirantes a moteros de los años cincuenta.

—Cuidado, hermana —me ladra pasándose las manos por el cabello perfectamente peinado hacia atrás como si comprobara si hubo daños.

Le muestro los dientes. Con la mirada recorre mi silueta encorsetada y se olvida de obsesionarse con su peinado. La apreciación ilumina sus ojos oscuros, sus labios comienzan a formar un silbido.

—No lo hagas —le espeto y él palidece. Mi maquillaje de Lili Munster debe de ser súper aterrador—. Si quisiera que me gritaran como a una chica fácil en una obra en construcción —le informo amablemente—, me habría quitado la chaqueta. —Luego, para que los hombres no se quejen de que nunca soy amable con ellos, me quito la chaqueta de cuero, suave como la mantequilla, revelando el ajustado corsé de satén verde y negro debajo. Soy Scarlett O'hara y me sienta de maravillas con mis tetas. No es que las chicas necesiten ayuda.

Giro sobre mis talones y me pavoneo con un coro de vítores.

Cuando llego a la puerta del club me siento ligeramente mejor. Sin aminorar el paso, extiendo ambas manos y la empujo, esperando que algunos cuerpos se muevan de lugar. Son cambiantes; ellos pueden manejarlo. *Sheridan está en la casa, perras y sementales.*

Cuando cierro la segunda puerta de la noche, todo el mundo se gira en el oscuro espacio. Me paro con las manos en las caderas cual reina observando su nuevo dominio, dando a todos la oportunidad de acogerme.

Me he superado a mí misma con el atuendo. Llevo un vestido de corsé con una minúscula falda de tul que revela, ciñéndose a la cintura, mi fantástico busto y caderas. El encaje de las medias remata mis botas New Rock hasta la rodilla, en un estilo más *punk* que motera chic, pero funciona. Las traje conmigo en plan salvaje, pensando que este viaje lejos de mi papá y mi manada podría darme más oportunidades de salir de fiesta. Las botas son perfectas para el club de lucha: punta de acero y satisfactoriamente pesadas. De ninguna manera voy a romper otro tacón en este foso.

Cuando me dirijo directamente a la barra, todos se apartan de mi camino y un joven de aspecto agobiado se apresura detrás de la barra de madera pulida. Sin mediar palabra, me dirijo al fregadero y empiezo a lavar vasos.

Unos minutos más tarde, aparece junto a mí, el apresurado bartender moreno y delgado que huele ligeramente a pelaje. A jaguar, si no me equivoco.

—Oye, soy Luka. ¿Puedes servir bebidas?

—Encantada de conocerte, Luka. Claro, estoy aquí para ayudar.

—Gracias al destino. William Wolf, sin hielo. Whisky al final de la barra. —Señala la botella de whisky y al cliente antes de salir corriendo.

Tomando un vaso limpio y la botella correcta, me pavoneo con mi primer cliente, un motero corpulento. Cuando sus ojos caen a mis erguidos senos, se queda pasmado. Sonrío. Huelo una buena propina.

Mi mirada se posa en un tipo alto a pocos metros detrás

de él y mi sonrisa se ensancha. Grizz, el portero oso pardo, me mira fijamente, luego sacude la cabeza y se da la vuelta frotándose la cabeza como si le doliera, pero no se me acerca ni me echa de inmediato. Buena señal. Mi plan funciona: entrar, ponerme detrás de la barra y hacer que la gente hable sobre las sanguijuelas y su posible tráfico de drogas.

Hasta ahora todo marcha bien.

—¿Trabajaste aquí mucho tiempo? —pregunta mi cliente, todavía mirándome los pechos. Parece un poco aturdido. Inclino la botella y dejo fluir el whisky inclinándome un poco hacia adelante para darle una mejor vista. No voy a dejar que mis mejores activos se desperdicien.

Entonces le veo. De pie junto a Grizz, barbilla hacia abajo, ojos helados, cara inmutable, se encuentra Trey Robson mirándome coquetear con un cliente del club y no puede hacer nada al respecto.

Mi noche acaba de ponerse aún mejor.

—Recién comienzo, en realidad —le digo—. ¿Hago un buen trabajo? —Me encojo de hombros y sus ojos siguen el movimiento de mis pechos. Sabía que este corsé era una gran idea.

—Uh, eh —murmura—. Creo que estoy enamorado.

—Mmmmmm —murmuro sin compromiso. Una oleada de aroma me golpea, como la primera ola de lluvia fuerte y potente. Reconocería ese aroma en cualquier lugar.

Trey irrumpe en dirección a mí, con truenos en la cara y relámpagos en los ojos. Se ha ensanchado desde el instituto, ahora es imponente como una montaña; hermoso como un dios, y cada molécula dentro de mí se estremece cuando se acerca.

—¿Qué crees que haces?

—Sirvo bebidas. —Finjo no sentirme afectada por él a pesar de que cada vello de mis brazos se eriza, electrizados en su presencia. Inclinando la cabeza, me doy vuelta y busco una servilleta de cóctel.

—Necesitamos más servilletas —le digo a Luka cuando pasa deprisa. Mientras tanto, Trey parece a punto de explotar y prender fuego las instalaciones.

Excelente.

—Dijiste que necesitabas una camarera. —Pulo unos vasos rápidamente con una sonrisa que se vuelve fría.

—Solo le enseñé lo básico —dice Luka, vacilando cuando Trey se vuelve hacia él con una expresión tormentosa.

—Al despacho. Ahora —me ordena Trey. Cierra su gran mano en mi brazo pero me la sacudo de encima y le hago un gesto con un pulgar hacia arriba al pobre Luka mientras me dirijo a la parte trasera.

Tan pronto como entro en el despacho, Trey se abalanza sobre mi rostro.

—¿Qué coño haces aquí? ¿Te dije que te marches y apareces para servir bebidas?

—"Si no puedes vencerlos, únete a ellos". —Me encojo de hombros. Sí, es una cita sabia del calendario.

—Sé que has venido a espiarnos.

—Sí. ¿Por mi disfraz? —Me apoyo las manos en las caderas y hago una pose de Mujer Maravilla que resalta a mis chicas. Los ojos de Trey casi se le salen de las órbitas. Pobre chico, nunca me ha visto así. Después de que rompimos, tengo que dejar salir mi lado salvaje por alguna parte. No puedo hacer mucho bajo las narices de mi padre, pero de vez en cuando, me gusta vestirme y salir de fiesta, y cuando lo hago, lo hago bien. Ropa seductora, maquillaje loco, zapatos extravagantes, como en Halloween. Ando por ahí con pinta extra de guerra tipo *The Rocky Horror Picture*

Show, aúllo a la luna y vuelvo a ponerme un traje cuando me dirijo a la oficina el lunes.

—No —miente. El hambre en sus ojos dice lo contrario —. Sheridan, ¿qué coño llevas puesto?

—¿Esto? —Jugueteo con la cinta de satén colocada cuidadosamente entre mis pechos—. Solo algo que tenía a mano. Debería servir para las propinas.

Sus ojos se fijan en mis dedos por un momento.

—No puedes usar eso —dice. Aparta la mirada, frotándose la nuca con una mano grande y tatuada. Sus dedos se contraen. Desearía que me tocara.

—Me dijiste que me pusiera una falda —digo con voz acaramelada. Sé que es estúpido, pero me acerco más a él. Los picos de mis senos se mueren por estimulación, pero cuando rozo su pecho duro, solo se amplifica la necesidad en todo mi cuerpo.

Los ojos de Trey brillan pero no retrocede. Su cabeza cae para que sus labios estén a centímetros de los míos mientras gruñe:

—Si eres bartender, soy tu jefe.

—Ah, ¿y tienes un código de vestimenta? —Dirijo una mirada mordaz a las pilas de papeles en su escritorio.

Trey retrocede, se encoge de hombros mientras se quita la chaqueta. Sus brazos me rodean y me envuelve en el pesado cuero.

—Listo.

Abro la boca para hacer un comentario inteligente sobre "código de vestimenta", "discriminación" y "recursos humanos", pero no puedo hablar de políticas de la compañía cuando sus labios están tan cerca de los míos.

Su chaqueta sigue caliente por su piel. La aprieto más a mi alrededor y tiemblo. El mundo se desvanece hasta que solo somos Trey y yo en esta caja negra. Sin espacio, sin tiempo, solo un aroma embriagador que se eleva entre nosotros; su erección pincha en mi vientre. *Sí, por favor.*

Luego se aclara la garganta y da un paso atrás.

¿Qué? ¡No!

—Gracias por ayudar. Luka quería que contratáramos a un ayudante desde que la noche se recuperó. —Camina hacia la puerta y la mantiene abierta sin mirarme a los ojos—. Te dejaré volver a lo tuyo.

Me paralizo, demasiado sorprendida para siquiera mirarle. Me pavoneo por aquí como en el sueño húmedo de una gótica y él solo va a... ¿marcharse?

No es que esperara que me trajera aquí, me quitara mi osado atuendo y me follara contra la pared. Yo no quería eso. No es posible. Aprendí por las malas que Trey es un jugador.

Me quedo allí mordiéndome el labio y después de unos segundos me doy cuenta de que le estoy mirando el cinturón. Específicamente, varios centímetros debajo de él. Varios centímetros.

—Joder —gruñe Trey, y se aleja, dejándome aún más cachonda y enfadada.

Muy cachonda y enfadada.

* * *

Trey

Entro directamente en la cámara frigorífica. Tal vez me enfríe. En serio, no voy a pasar esta noche. ¿Sheridan Green vestida como una conejita de *Playboy* pavoneándose por el club de lucha?

Mi lobo gruñe.Quería que la reclamara en el instituto y

nunca lo hice. Cada maldita vez que teníamos relaciones sexuales, el lobo quería marcarla. Pero éramos unos adolescentes y ella tenía un futuro brillante por delante. No iba a hacerle cargar mi lamentable vida antes de que se graduara del instituto.

Probablemente la única razón por la que no enloquecí fue porque todavía estaba creciendo y mis hormonas aún no eran las de un adulto. No alcancé esta altura y tamaño hasta mucho después de que ella se fue a Stanford.

Mucho después de que ella nos expulsara de la manada.

Tengo una erección completa tras nuestra interacción, pero mi pecho también se siente apretado.

Estar tan cerca de Sheridan, ver cómo su loba todavía responde a mi lobo, hace que la pérdida parezca reciente. Era hermosa como adolescente y ahora es un espectáculo. Como un trece en una escala de diez.

Destapo una cerveza, sí, una Wolf Ridge pale ale, con los dientes y me trago la mitad. Jared entra y se detiene cuando me ve, luego apoya un ancho hombro contra la puerta y se ríe.

—¿Vas a sobrevivir a esto?

—Joder, no —espeto.

Mueve un pulgar señalando el club.

—¿La contrataste?

Bebo el resto de la cerveza y me limpio la boca con el dorso de la mano.

—¡Fue una broma! No pensé que aceptaría. También le dije que se fuera a la mierda y que nunca volviera, pero no se tomó esa parte en serio, ¿verdad? Joder.

La expresión de Jared se vuelve seria.

—¿Qué hace aquí?

Me encuentro con sus ojos.

—Ya sabes.

—¿Espía?

Asiento. Emmett Green ha estado enviando espías desde el día en que nos echó. Cielos, el segundo de Garrett, Tank, fue originalmente un espía enviado por el alfa Green. No creía que sobreviviríamos solos. Las grandes manadas te lavan el cerebro para que creas que los cambiantes tienen que mantenerse unidos o no sobrevivirán, ese tipo de rollos.

La manada de Wolf Ridge nunca imaginó que prosperaríamos. Pero todos los jóvenes que se fueron con nosotros, seguirían a Garrett al infierno ida y vuelta. Después de que los cargos se redujeron a delitos menores, nos mudamos a Tucson y Garrett nos consiguió trabajo en la compra, remodelación y venta de casas. Pusimos esfuerzo en partes iguales y comenzamos a ganar dinero rápidamente. Una vez que el alfa Green vio que teníamos éxito, aportó capital de inversión. Ahora Garrett posee la mitad de los bienes raíces en el centro de la ciudad.

—¿Ella tiene el ojo puesto en el club de lucha?

—Dice que debo cerrarlo.

—¿Qué...? —Jared se traga el resto de las palabras cuando ve mi expresión.

Aun después de todo, nunca permití que hablaran mal de ella. De hecho, se convirtió en una intocable.

Sheridan pudo habernos arruinado la vida pero sé que sus acciones nacieron del dolor. La arruiné primero. Solo luchó de la única manera que pudo. Y aunque una parte de mí todavía sigue cabreada porque no me conocía mejor —dejó de creer que nunca la lastimaría voluntariamente—, sé que eso es mentira. Me aseguré de que se alejara de mí y nunca mirara atrás.

Así que supongo que probablemente quedamos parejos. O al menos yo pensaba que lo estábamos.

¿Pero que se apezca por aquí con un plan y con su cuerpo en ese atuendo depravado?

Tengo que cuestionar sus motivos. ¿Busca venganza? ¿O solo quiere pasarme por las narices lo que me perdí? Porque estoy seguro de que no percibo una vibra de paz y reconciliación. A menos que se trate de un juego previo para ella y espere que podamos hacer borrón y cuenta nueva con una sesión épica de sexo.

Bueno, si es así, me apunto. Mi lobo lo ha hecho desde el momento en que llegó a la ciudad.

Tiro la botella de cerveza vacía en una papelera de reciclaje y paso junto a Jared, quien me golpea en la espalda.

—Mantente fuerte, hombre.

Sí, claro.

Resistirme a Sheridan es imposible. En este punto, es solo una cuestión de qué tan pronto la tendré atrapada debajo de mí y si esta vez se escapará de mi marca.

Capítulo Cinco

Doce años atrás

Sheridan
No he visto a Trey en toda la semana, lo cual es más que extraño. Nunca me ha dado ninguna razón para sentirme insegura con respecto a él. O a nosotros.

De hecho, desde esa noche en la playa cuando hice el primer movimiento y me senté a su lado junto a la hoguera, toda su atención se ha centrado en mí. Eso no significa que no pase el rato con sus amigos Garrett y Jared, pero es generalmente cuando estoy demasiado ocupada.

Esta semana, sin embargo, ha estado trabajando en las motos y pasando el rato con Garrett todos los días después de la escuela. Cuando almorzamos juntos hoy, me dijo que no podría llevarme a casa; y ha estado distraído y callado, aunque nunca ha sido un gran conversador.

Es viernes por la noche y le envío un mensaje de texto

después de la cena. Un grupo de chicos se reúne para beber y pasar el rato. Es la escena habitual del fin de semana y si él y yo no hacemos algo nosotros dos, a menudo nos encontramos allí.

Yo: *¿Irás a la montaña?*

Trey: *No, tengo algo que hacer.*

Siento un nudo en el estómago; percivo la mentira directamente a través de la pantalla. Nunca me ha mentido antes. ¿Por qué lo haría ahora? ¿Tiene algo que ver con la venta de droga para Garrett? Tal vez estén en problemas. Nunca me ha gustado que Garrett, Jared y Trey sean los distribuidores de hierba de Wolf Ridge y los suburbios cercanos, como Cave Creek y Scottsdale. Pero tácitamente hemos acordado no hablar de ello.

Sí, son lobos; significa que los traficantes humanos tendrían dificultades para lastimarlos, pero una bala en la cabeza aún mataría a un lobo. Y tampoco están por encima de la ley.

Con la historia de Trey, después de lo que hizo su padre, estaría fuera de la manada en un santiamén si la policía alguna vez le arresta.

Como no soy de las que simplemente se dan por vencidas, le llamo la atención.

Yo: *¿Por qué no me dices qué pasa realmente?*

Trey: ...

No responde durante cinco minutos. Entonces:

Trey: *Encuéntrame en nuestra mesa.*

Sé a qué mesa se refiere. La mesa de picnic donde hicimos el amor por primera vez. Cojo el bolso y salgo con el corazón a mil por hora. Me imagino todo tipo de malos escenarios: Trey ya ha sido atrapado por la policía y nadie lo sabe, un traficante los persigue, alguien está herido.

Directamente me dirijo a nuestra mesa de picnic y

encuentro a Trey allí mirando la ladera de la montaña que da a la ciudad. La puesta de sol proyecta tonos rosados y naranjas sobre la tierra y se refleja en las agujas de Saguaro haciéndolas brillar.

Trey no se da vuelta, lo que me dispara otra punzada de temor en el pecho.

Camino para ir a su lado.

—¿Qué pasa? —digo.

—Oye —dice Trey; no se gira para mirarme.

Se me pone la piel de gallina en los brazos. ¿Qué demonios podría ir tan mal?

—Trey, *¿qué está pasando?* —Exijo.

Traga saliva.

—Creo que deberíamos salir con otras personas.

El aire sale de mis pulmones en una risa ahogada. No es que piense que bromea. Para nada. Está tan lejos de lo que esperaba que mi cuerpo elige la reacción equivocada.

—¿De qué estás hablando? —Se me quiebra la voz. Levanto las manos porque me tiemblan tanto que no sé qué hacer con ellas. Quiero darle un puñetazo, empujarle colina abajo para que se retracte.

—Sí. Te vas al final del verano, así que creo que deberíamos cortar por lo sano antes de separarnos. Estoy listo para jugar en el campo de nuevo.

—¿*Jugar en el campo?* —Mi cerebro apenas puede asimilar sus palabras, tan fuera de lugar. Para empezar, Trey nunca fue un jugador de campo. Esto no tiene sentido.

—¿Intentas asegurarte de que vaya a Stanford? —balbuceo.

Se da vuelta y finalmente me mira, juro que no veo nada más que pura agonía en su mirada, pero de repente desaparece y su expresión se endurece. Se encoge de hombros.

—Te vas. Yo saldré con otras. Así es como funciona esto.

Me tropiezo.

Este no es Trey hablando.

No el Trey que conozco.

Trey nunca sería tan insensible, tan cruel.

—Es lo mejor, Sheridan.

Le empujo.

—Solo dime de qué se trata esto, Trey. *Dime*.

El dolor se refleja en su expresión. Aprieta los labios antes de abrirlos para hablar.

—Te dejo ir. —Gira las llaves alrededor de su dedo y camina hacia su moto.

Corro hacia él y le empujo por detrás.

—¡Estás arruinando todo! —Las lágrimas me ahogan la voz, se derraman calientes por las mejillas.

Trey inclina la cabeza apenas girando su rostro hacia mí.

—Lo sé. —Su voz es tan tranquila que un oído humano no escucharía las palabras. Antes de que pueda responderle, se monta en la moto y acelera lejos de mí.

Lejos de nosotros.

Lejos de todo lo que pensaba que tenía sentido.

Presente

Sheridan

—¿Estás bien? —Luka me pregunta.

Dejo la botella con una exagerada delicadeza a pesar de

que quiero gritar y llorar. Es noche de aficionados en el club, y un grupo moteros rodea la jaula alentando a uno de sus amigos. Trey no se ve por ninguna parte. Desde nuestra reunión en el despacho, me ha evitado.

Y aunque me he pasado la noche mirando los rincones oscuros, buscando evidencia de actividad de vampiros o drogas, no he visto nada. Ni siquiera un destello de colmillo. Me estoy rompiendo el lomo sirviendo bebidas, riéndome de frases tontas para ligar, y ni siquiera tendré algo que informar a mi manada. Necesito una camiseta que diga: *visité Shifter Fight Club y todo lo que obtuve fue cerveza derramada en mi atuendo con corsé.*

—Bien. —Sonrío un poco cuando Luka me sirve un chupito. Es un buen bartender cambiante, un trabajo que requiere delicadeza, velocidad y un sentido de la política para metamorfos, particularmente cuando se trata de moteros borrachos dispuestos a pelear. Pero realmente está desbordado, desesperado por retenerme.

Por lo general, no bebo en el trabajo pero esta noche me dio una patada en los dientes y este no es mi verdadero trabajo. Me llevo el vaso a los labios y saboreo el ardor.

Entonces veo quién está en la barra y casi me ahogo.

Nerón, la sanguijuela, se apoya en la madera pulida, el cabello rubio sedoso le cae en la cara.

—Hola de nuevo.

Golpeo el vaso de chupito en la barra sin preocuparme por si se romperá. Soy una loba y me siento más segura mostrando fuerza.

—¿Cuál es tu veneno? —pregunto—. No tenemos una tonelada de arsénico aquí, pero para ti...

—Qué descortés. —El vampiro muestra los dientes. Miro fijamente un punto en su frente, fingiendo aburrimiento. Hasta yo sé que no debo mirar a una sanguijuela a los ojos—. Y yo que te iba a dar una gran propina.

—Ahórratela —murmuro, empezando a alejarme.

Saca algunos billetes que agita en mi dirección. Todos ellos con Benjamin Franklin. ¿Por qué un vampiro llevaría tanto dinero en efectivo? Viste un traje bien confeccionado a medida y parece que acabara de llegar de un trabajo en el centro de la ciudad, donde la placa de su despacho rezaría "Analista", pero dudo que haya conseguido ese puesto comerciando acciones. ¿Está aquí para hacer un trato?

Me detengo a reflexionar al respecto y él sonríe, pensando que me llamó la atención con unos cuantos verdes.

—Hennessy Paradis.

Resisto el impulso de reír. ¿Quién viene a un decadente club de cambiantes y pide coñac? Solo un vampiro.

En cambio, le entrego una botella de Wolf Ridge. Una nueva IPA que mi compañía llama "Luna-tic".

Nerón hace una mueca como si le hubiera dado una bolsa de estiércol.

—Pruébala —le digo dulcemente. No espero a ver si lo intenta. No me importa. Todo está mal en este lugar. Los vampiros se reúnen en un bar de cambiantes como si fueran dueños del lugar y a Trey no parece importarle.

Cojo un trapo y limpio la barra; una mano fuerte y fría me agarra mi muñeca. Gruño, captando el aroma pedregoso del vampiro.

—Quédate quieta —dice con un tono seductor que me da escalofríos. Los vampiros pueden controlar a las personas con su mirada, pero algunos de los viejos solo necesitan usar su voz.

—Suéltame —gruño y lo hace, pero se mantiene cerca; sus uñas bien cuidadas tamborilean en la barra.

—Necesito darte una propina, lobita.

Quiero coger una botella, romperla contra la barra y usar los fragmentos para cortarle la cabeza al vampiro. Pero algo sucede aquí y necesito averiguar qué.

Saca un billete de cien dólares y lo dobla por la mitad. Lo juro por el destino, si intenta meterlo entre mis pechos, le mataré.

—¿Vienes a la reunión de esta noche por el territorio? —murmura.

Me quedo quieta.

—¿Qué reunión por el territorio?

—Invitamos a los lobos a una discusión. A la medianoche. Lavadero Santa Cruz, al sur de Congress.

Levanto la cabeza para mirar el reloj de la pared. Son casi las once.

Nerón deja caer el billete de cien dólares en la barra, se lleva un dedo a los labios y se aleja, dejándome fría.

—¿Estás bien? —Luka pregunta por segunda vez.

—Sí. —Intento sacudirme el espeluznante escalofrío que me recorre las extremidades. No hay nada natural en un vampiro—. ¿Cuánto tiempo las sanguijuelas han estado viniendo, Luka?

—Desde el principio. Hay algunos en la ciudad que dirigen el club nocturno No Return, en Congress. —El cambiante se encoge de hombros—. Está bien. Pero esta gente es nueva. Lucius Frangelico, un rey de los vampiros, se mudó desde Hollywood para comenzar de nuevo. Lo hacen, ya sabes, cada cincuenta años. Así la gente no se da cuenta de que no envejecen.

—Sí. Pero ¿qué hace aquí? —me susurro la pregunta a mí misma, mirando la espalda de Nerón mientras el vampiro alto se adentra más en el club. Ignora la pelea, va directamente a una puerta lateral, la abre y desaparece.

Luka recoge la botella que dejó y la deja caer en el cubo de reciclaje, el cristal tintinea. El sonido me saca de mi trance.

—Aquí. —Luka me entrega el billete de cien dólares que dejó Nerón—. Te lo ganaste.

A las doce menos diez, me enjuago las manos y me escabullo, diciéndole a Luka que necesito un descanso. Paso a través de los grupos de cambiantes de pie que hablan de la última pelea y cuando llego a la puerta lateral que tomó Nerón, dudo solo un segundo antes de atravesarla. No sé qué sucede con las sanguijuelas en lo que debería ser territorio de lobos, pero si Trey y mi primo no quieren hablar conmigo, puedo averiguarlo. Tal vez pueda llegar a este rey de los vampiros, Lucius Frangelico. Una vez que comprenda la situación, podré informarles a mi alfa y a mi padre e irme a casa. Antes de que se repita la historia con Trey.

El aire nocturno en mi cara mientras camino es fresco. Es fácil, demasiado fácil, seguir el olor del vampiro.

* * *

Trey

La luz de la luna se estampa en el arroyo seco iluminando el cauce sediento de agua. No hay más sonido que el de la carretera a la distancia y el crujido de nuestras botas sobre el árida suelo rocoso.

—¿Cuánto falta? —Jared pregunta justo cuando una gran sombra se separa de un grupo de rocas y fluye hacia abajo en el cauce vacío.

—Allí. —Tank, el segundo al mando de la manada,

sacude su barbilla hacia la sombra, que se divide en varios cuerpos distintos. Se me eriza la piel al reconocer a los recién llegados vestidos con trajes oscuros, cabello sedoso y una apariencia tan apuesta que se ve inhumana. Vampiros.

Mis labios se curvan automáticamente para mostrar los dientes.

Garrett nos hace señas para que avancemos. Él se acerca hasta el grupo de vampiros y se detiene a pocos metros del líder. Tank, Jared y yo nos desplegamos detrás de Garrett, actuando con frialdad y sin miedo. Algunos más de nuestra manada toman posiciones de vigilancia en caso de que las sanguijuelas decidan emboscarnos. Hasta ahora han actuado de buena fe pero no me fío de ellos ni un pelo. No estoy seguro de hasta dónde puedo lanzar a un vampiro, pero suena como una gran manera de aliviar el estrés.

—Alfa —el líder vampiro saluda a Garrett. El capo, como le llamamos, es delgado como un atleta, tiene piel morena y viste un traje impecablemente confeccionado. Su nombre es Lucius Frangelico y parece que debería tener un acento cursi de Transilvania pero en cambio, habla en tono culto, como un presentador de noticias de la BBC—. Qué buena noche eliges para nuestra reunión.

Detrás de Frangelico, los demás vampiros nos miran como serpientes, sin pestañear. Todos están perfectamente arreglados vistiendo trajes oscuros, como imágenes especulares de su jefe. Parecen malditos *yuppies* que salieron de la oficina para tomar una cerveza fría, pero su olor me dice que son viejos. Como no estamos seguros de su edad, entre algunos amigos hackers y yo, hemos rastreado las propiedades que su líder ha tenido durante más de doscientos años. La corporación fantasma cambia cada pocas décadas pero todo se relaciona con Frangelico.

—Me alegro de que hayan podido venir —responde Garrett con indiferencia.

Lucius inclina la cabeza hacia un lado. Es un movimiento natural, que me da la sensación de ser uno que ha estudiado y copiado. Señala con una mano su banda.

—Estos son mis lugartenientes, Máximo, Nerón, Tiberio y Augusto.

—El Imperio Romano —murmuro a Jared—. Quiere a sus emperadores de vuelta. —Mi mejor amigo se ríe en silencio, sus hombros se sacuden.

Frente a nosotros, Garrett engancha los pulgares en sus vaqueros y baja la barbilla. En cualquier otro lobo sería una postura de sumisión, pero nuestro alfa es tan grande que todavía sigue mirando por encima del hombro a todos, excepto a la más alta de las sanguijuelas.

—Eso es un montón de bocas para alimentar —dice pensativo; Jared y yo dejamos de bromear.

—Por eso nos encontramos, ¿no? —Lucius extiende sus grandes manos. Es bastante grande para una sanguijuela. La mayoría es bastante delgada y, perdónenme, anémica—. Para trabajar el territorio.

—Tucson no es lo bastante grande para todos nosotros, además de tu banda.

—Preferimos la palabra *nido* —corrige Nerón. A una señal de mano de Frangelico, se adelanta ofreciendo una hoja de papel—. Aquí hay un mapa de la zona. Hemos marcado un amplio territorio para los lobos con acceso a todas las cadenas montañosas, por supuesto. Simplemente deseamos morar al oeste de Santa Cruz y al sur de la calle Congress. Para cazar y alimentarnos en paz.

A la señal de Garrett, me levanto y me encuentro con el vampiro de aspecto elegante a mitad de camino, manteniendo mi mirada en algún lugar entre su oreja y su hombro. Sin tocar sus dedos, agarro el mapa y se lo entrego a Tank.

Él y Garrett lo estudian por un momento. Cuando Garrett vuelve a alzar la mirada, los ojos resplandecen de ira.

—Mira, tenemos un problema porque no cazáis conejos ni ciervos. Cazáis humanos.

La luz de la luna reluce en los colmillos de Lucius.

—Mis hijos están demasiado bien entrenados para arruinar nuestra comida.

—He oído lo contrario. Escuché que te metiste en una guerra territorial en Los Ángeles y tus víctimas terminaron secas.

—Un problema menor solamente —Frangelico agita una mano—. Aquí no tengo enemigos. Te ofrezco mucho para continuar la cooperación entre nuestras especies.

—¿Qué ofreces exactamente? —Tank pregunta cruzándose los fornidos brazos sobre el pecho.

—La supervivencia de tu manada —responde Lucius, y la temperatura desciende veinte grados.

—¿Qué te hace pensar que sobrevivirías a una pelea con nuestra manada? —Garrett pregunta.

—Eres joven. Solo has comenzado. Tienes demasiado que perder. —Lucius es práctico mientras recita sus razones. Es bastante indiferente para un tipo que acaba de amenazar toda nuestra existencia.

Y a nuestras compañeras.

Pero tiene razón. Nuestros miembros más fuertes de la manada, Garrett, Jared y Tank, tienen compañeras y harían cualquier cosa para protegerlas. Y aunque Sheridan no es mi compañera, su imagen en su maldito vestido de corsé se materializa en mi mente, haciendo que mis dedos se aprieten en puños. Moriría para mantenerla a salvo sin pensarlo un momento.

Fuertes gruñidos crecen en el pecho de varios lobos. Garrett chasquea el mapa en su mano y la manada se queda en silencio.

—Dice aquí que reclamarás Phoenix como zona de alimentación. —Garrett estudia el papel en sus manos—. ¿Has hablado con la manada de allá? Dudo que estén contentos de saber que un nuevo nido de vampiros está invadiendo su territorio.

—¡No lo estarán! —Una voz clara baja por la ladera del barranco y todos nos volvemos. Sheridan aparece en lo alto de la colina, balanceando una pierna sobre una barrera de hormigón y bajando por las rocas crujientes bajo sus grandes botas.

—¿Quién es? —Frangelico pregunta bruscamente.

—Ella es una de nosotros —suelto y me acerco a Garrett y Tank para hacerles saber de quien se trata—. Es Sheridan.

—¿Qué diablos? —El ceño de Garrett se frunce pero nos hace un gesto a Jared y a mí para que vayamos hacia ella. La encontramos a mitad de camino por la ladera del barranco.

—Hola, otra vez —dice con calma, como si no hubiera interrumpido una reunión que emana tensión entre acérrimos enemigos. Todavía lleva mi chaqueta, gracias al destino. Todo el maquillaje gótico y el atuendo de corsé la hacen parecer una Campanita depravada.

—Hola. —Aprieto los dientes y extiendo una mano para ayudarla a evitar que se resbale por las rocas sueltas. Huele a cerveza y al aroma naranja-vainilla de su perfume. Mis aromas favoritos en el mundo. Mi polla se anima de inmediato.

Todavía sigo muy enfadado.

—¿Qué diablos haces aquí?

—Mi trabajo —aclara, y avanza para encontrarse con los vampiros.

Las sanguijuelas esperan con caras de póquer perfectas, pulidas durante cientos de años. Lucius se mueve primero dando un paso adelante con una ligera reverencia.

—No creo que nos hayan presentado.

—Soy Sheridan Green —dice caminando para pararse junto a Garrett como si fuera su igual. Como si perteneciera aquí—. Yo represento a la manada de Phoenix.

—Mis tenientes informaron que no había una manada de Phoenix. —Lucius inclina la cabeza hacia Sheridan, interrogante.

—Wolf Ridge —responde Garrett por ella—. Está al norte de Scottsdale. Mi padre es el alfa.

—Ah, sí, el alfa Green. He oído hablar de su gobierno y del pequeño cisma entre él y su hijo. ¿Eres el hijo?

—Como si no lo supieras —murmura Jared, y resisto el impulso de poner los ojos en blanco. Todo este acto de Lucius de hacerse el tonto me exaspera. Intenta romper el hielo pero lo sabemos todo del encanto vampírico. Si te atrapa, estarás muerto. Comida de tontos.

Me acerco a Sheridan.

—Así es —responde Garrett—. Pero, como puedes ver, no hay división entre la manada de mi padre y yo. Estamos unidos en todos los frentes. —Su voz contiene una advertencia. *Atacas a uno y tendrás que luchar contra todos nosotros.* Un punto para nuestro alfa.

—Ya veo —dice Lucius agradablemente—. Me parece bien que una representante de Phoenix se encuentre aquí. El territorio propuesto permite que mis hijos se alimenten allí y aquí. Podemos esparcir nuestra presa.

—Repartir las muertes, quieres decir —retumba Tank.

Lucius hace un gesto de impaciencia.

—No hay muertes. Y con la apertura de nuestro club, es posible que no tengamos que ir demasiado lejos.

—¿Club? ¿Qué club? —Sheridan pregunta. Le pongo una mano en la espalda en señal de advertebcias pero no retrocede. Siento su tensión, aunque igualmente se enfrenta a los vampiros con una expresión tranquila, casi aburrida.

—Mi nuevo club, Toxic —Frangelico inclina la cabeza hacia Sheridan—. Debes visitarnos, *milady*.

—Ni de coña —murmuro, y me paro frente a Sheridan, poniendo tanto de mi cuerpo entre ella y el rey vampiro como se me permite.

Lucius sigue sonriéndole a Sheridan mostrando los colmillos. Ella le devuelve la sonrisa con los incisivos en primer plano. Su vestimenta de criatura de la noche tiene una ventaja: el depravado vestido y el maquillaje ingenioso es un disfraz infernal que, combinado con su inteligencia, encanta a los vampiros por completo. Demasiado. Por el rabillo del ojo, veo a Nerón lamerse los colmillos y contengo un gruñido.

Se oye un crujido de papel y todos volvemos a prestar atención. Garrett sostiene el mapa.

—A los efectos de un trato temporal, estamos de acuerdo con este territorio —dice—. Cualquier vampiro atrapado fuera de él estará sujeto a castigo.

—Si alguno de los míos rompe mis reglas, me ocuparé yo mismo —promete Lucius con voz suave, casi un ronroneo. La sanguijuela está contenta.

Me siento mal. No le eché un vistazo al mapa pero apuesto a que el club de lucha queda justo dentro del territorio de los vampiros. Eso significa que podríamos tener que pagar tributo o que nos invadan las sanguijuelas para cazar a sus víctimas. No es que nos hayamos sucedido ya. Garrett nos impidió que echáramos a un vampiro hasta que nos reuniéramos con Frangelico.

—Espera —dice Sheridan—. ¿Qué pasa con el *sucre sang*?

Impera el silencio mientras lobos y vampiros por igual tratan encontrarle sentido a sus palabras que suenan vagamente del francés.

—¿Qué es eso? —Lucius suena sorprendido.

Escucho que los latidos del corazón de Sheridan se aceleran cuando todos los ojos se posan en ella, pero levanta la barbilla y mantiene firme la voz.

—He oído hablar de eso en relación con sanguijuelas, quiero decir, los vampiros. Un tipo de droga, ¿verdad?

Algunos de los tenientes intercambian miradas cómplices. Nerón esconde su boca detrás de una mano bien cuidada.

—Ah —dice Lucius—. *Sweetblood*. No había escuchado el nombre de la calle. No es una droga. Bueno, no para los humanos, de todos modos.

—No directamente —murmura Nerón.

—Es solo para vampiros —Lucius extiende las manos y parece engreído—. Vienes a nuestro club y te mostraré. Todos son bienvenidos en cualquier momento.

Un gruñido bajo de Garrett hace que el rey vampiro agregue:

—No les causaríamos ningún daño a ti o a los tuyos. Ustedes serían nuestros estimados invitados.

—De acuerdo —dice Sheridan. Al principio no puedo creer lo que oigo, ¿acepta la treta del vampiro? Lucius inclina la cabeza y Sheridan contesta—: Iré. Iré el sábado por la noche. —Luego me mira y la expresión de su rostro... es un desafío.

Se oye un sonido de rechinamiento y soy yo apretando los dientes, mordiendo mi respuesta antes de decir algo de lo que me arrepienta y desencadene una guerra. No puedo evitar mirar a Nerón cuando se desliza hacia adelante y se inclina hacia Sheridan.

—Te divertirás, lobita. Me aseguraré de ello.

—Esta reunión ha terminado —gruñe Garrett, gracias al destino, y uno por uno los lobos se vuelven y caminan de regreso por el camino que vinimos. Espero a que Sheridan se retire y miro en la dirección de Nerón antes de girarme sobre mis botas. La risa de la sanguijuela comienza tan pronto como le doy la espalda, me saca de quicio y me persigue desde el barranco.

En los coches, Sheridan, rodeada por la manada, habla con Garrett. No puedo evitar acercarme y agarrarla del brazo.

—¿Qué demonios estabas pensando allí arriba?

—Atrás, motero —espeta, arrancando su brazo de mi agarre. Joder, me olvidé de lo fuerte que es—. No eres mi jefe.

La ignoro volviéndome hacia Garrett.

—No está a salvo aquí. El portero del club me dijo que una de las sanguijuelas, Nerón, se interesó por ella. Tienes que enviarla de regreso a Phoenix.

—Estoy aquí, cabeza de luna —suelta Sheridan. Es su turno de agarrarme del brazo y tirar de él para que la enfrente—. Estoy perfectamente bien. Puedo pelear mis propias batallas.

—A la mierda con que puedas —gruño y hablo por encima de su cabeza con Garrett—. ¿La escuchaste? ¡Va a ir al territorio de las sanguijuelas, a su club!

—Lo escuché —dice Tank—. Creo que es una buena idea.

—¡¿Qué?! —Me abalanzo sobre él. Juro que voy a calzar a alguien en la mandíbula. Mi lobo se retuerce bajo mi piel listo para destrozar a alguien.

—Escucha a tank —ordena Garrett.

—Sabemos que Frangelico es poderoso, ¿verdad? Pero no sabemos mucho de él. Necesitamos saber más. Visitar el club nocturno es la manera perfecta de obtener información —acota Tank.

—Entonces, ¿por qué no vas tú? —replico. Tank niega con la cabeza.

—No puedo por mi jerarquía en la manada. Además, soy una amenaza. —Se encoge de hombros—. Necesitamos a alguien menos matón. Más profesional.

—Una espía —Garrett acepta volviéndose hacia Sheridan, quien se sonroja pero no baja la mirada—. ¿Qué dices? Ya está aquí para vigilarnos.

—No es así —protesta ella débilmente, y por primera vez desde que apareció, parece insegura—. No estoy aquí para espiaros.

—Ajá. —Garrett levanta una ceja—. Al menos hazme el favor de decir la verdad.

Ella deja caer la mirada.

—Están preocupados, no solo por las sanguijuelas en nuestro territorio. Tu manada ha pasado por muchas cosas. —Sheridan hunde las mejillas. El gesto tiene el desafortunado parecido con chupar la polla, y la mía se pone rígida como un mástil. Casi gimo en voz alta mientras me la acomodo en mis vaqueros.

—Lo sé. Llamaré a mi papá —dice Garrett haciendo una mueca por un breve momento antes de suavizar su expresión. El resto de nosotros compartimos miradas de conmiseración. Todos sabemos cómo puede ser el alfa Green.

Después de todo, crecimos bajo su gobierno hasta que nos echó.

Por la forma en que algunos de la manada miran a Sheridan, no han olvidado el papel que jugó en traicionarnos. Bajo el peso de la mirada de la manada, Sheridan se marchita un poco. Era una de nosotros antes de convertirse en traidora.

—Sobre esta noche... Solo intenté ayudar.

—¿Ayudar a quién? —La voz de Garrett parece un latigazo.

Aunque estoy de acuerdo con Garrett, mi lobo se irrita por la forma en que él le habla. Mi pecho se hincha y enderezo la postura de los hombros. Garrett me mira y nota mi cambio.

—A ti. —La vacilación en la voz de Sheridan me molesta mucho más de lo que debería. Me acerco a ella para hacerle saber que sigo siendo su protector, incluso después de la forma en que las cosas sucedieron.

Garrett se encoge de hombros.

—Sé que tienes que seguir las órdenes de tu alfa. Tal vez puedas sernos útil a los dos. —La voz de Garrett se torna comprensiva pero no me gusta la mirada de mi alfa—. ¿Qué fue lo que dijiste sobre las drogas que trafican los vampiros? ¿*Sugar blood*?

—Solo conozco los rumores de los que me habló tu padre. En las partes más sórdidas de Phoenix han aparecido cadáveres. Drogadictos con sobredosis de un producto malo es lo que piensan los humanos. Cualquiera que sea la droga, hace que la sangre de la víctima se vuelva tóxica. Demasiado tóxica y mueren.

—Eso no es suficiente para que se involucre mi padre —retumba Garrett—. No le interesa una guerra de los humanos contra las drogas.

—No —Sheridan está de acuerdo—. La razón por la que el alfa Green se preocupa es porque los cuerpos han sido manipulados. Hay marcas de colmillos. Señales de... de los vampiros.

Todos en la manada sueltan un suspiro.

—¿Crees que Frangelico está detrás? —Tank pregunta—. ¿Sus vampiros se alimentan con demasiada frecuencia y se deshacen de los cuerpos haciendo que parezca una sobredosis de drogas?

—Correcto —Sheridan asiente—. Por eso vine aquí. Estamos escuchando atentamente a las autoridades humanas para asegurarnos de detectar estas muertes a tiempo. En caso de que tengamos que interferir.

—¿Interferir? —repite Tank—. Quieres decir encubrir.

Sheridan levanta la barbilla.

—Si tenemos que hacerlo, sí. Cuanto más sospechosas sean las muertes, los humanos hurgarán más en la existencia de los paranormales.

—Es peligroso para todos nosotros —dice Garrett—. ¿Así que esa es la razón por la que investigas el club de lucha?

—No. —La voz de Sheridan es cortante—. El club de lucha es un problema en sí mismo. Está en el foco de la policía humana y del FBI. El alfa Green no está contento en absoluto. El club me pareció un buen lugar para empezar a investigar. Entonces conocí a la sanguijuela y me di cuenta de que el tráfico de drogas de vampiros y el club podrían relacionarse.

—Estamos limpios —afirmo—. No permito el comercio en las instalaciones.

—Sabes tan bien como yo que no hay forma de monitorear eso al ciento por ciento —dice Garrett—. E incluso si atrapas a un vampiro, no puedes hacer más que echarlo.

Tendrías que lleváeselo a Lucius para que lo discipline o arriesgarte a ofender al nido.

Aprieto los dientes porque es verdad.

—Si te sirve de ayuda —dice Sheridan—, creo que los vampiros no se meten con los cambiantes. Solo pueden atraer víctimas humanas. Creo que el club podría estar más limpio que uno dirigido por humanos.

La tensión en mis entrañas se dispersa ante la defensa del club de lucha por parte de Sheridan, y no solo porque quiero salvar mi club. Que ella hable en mi nombre significa algo para mí. Demasiado. Necesito cortar este cordón que nos une tan fuertemente, aun después de todos estos años.

—Una cosa más —añade Sheridan—. Estoy aquí para investigar y mantener a mi manada a salvo, pero no quiero encubrir las muertes. Sé que tenemos que ocultar evidencia de manipulación paranormal en cualquier cuerpo que encontremos, pero no he venido a hacer el trabajo sucio de los vampiros, sino para detenerlos.

Se me revuelve el estómago. Sheridan tiene esa mirada que dice que ha plantado bandera y la defenderá a toda costa. Conozco esa mirada. La última vez yo fui el destinatario. Me costó todo conseguir que cambiara de opinión y apenas sobrevivimos a las consecuencias.

—¿Cuánto has descubierto hasta ahora? —Garrett le pregunta.

—Nada. Por eso quiero visitar el club de vampiros. Ir directamente a la fuente.

Garrett y Tank intercambian miradas. El grandullón, segundo en la manada, asiente con la cabeza a nuestro alfa.

—De acuerdo —dice Garrett volviéndose hacia Sheridan—. Irás al club.

—¡No! —grito. Lo juro por el destino, estoy listo para transformarme y luchar aquí mismo. ¿La idea es que

68

Sheridan entre allí sin protección? Primero incendiaría el lugar.

—Puedo hacerlo. Estaré bien —acota Sheridan rápidamente.

Garrett me señala.

—Irás con ella —ordena.

—¡No! —Es el turno de Sheridan de mostrar desacuerdo.

—Sí —ordena Garrett. No puedo aseverarlo pero creo que una sonrisa brilla en los labios de Garrett por un momento antes de desaparecer—. No puedo enviarte sola, prima. Trey será un gran respaldo. Los vampiros sabrán que estás bajo mi protección y la de Wolf Ridge; se lo pensarán dos veces antes de meterse contigo.

—Bien. —Sheridan asiente.

—Joder, no —suelto.

Garrett se vuelve hacia mí.

—Asegúrate de que nadie le ponga una mano encima.

Vuelvo a resoplar.

—Y tú —dice Garrett volviéndose hacia Sheridan. Por primera vez levanta una ceja ante su escandaloso atuendo—. Sé que no eres de mi manada pero este es mi territorio, soy responsable de ti. La próxima vez que planees irrumpir en una reunión de vampiros, me avisas, joder. —Su voz tiene todo el peso de su mando.

—Lo haré. —Sheridan agacha la cabeza. Si estuviera en forma de loba, podría poner el rabo entre las patas.

—Sé que puedes defenderte bastante bien, pero hazme un favor, mantente cerca de Trey. Sé que te sentirás tentada a hacerle pasar un mal rato...

—¿Quién? ¿Yo? —Ella parpadea inocentemente. Frunzo el ceño.

—Pero no lo hagas. Ya es bastante peligroso entrar en la

guarida del vampiro, con respaldo o sin respaldo —dice Garrett—. Ambos necesitáis manteneros unidos, presentar un frente común.

—Por supuesto —dice Sheridan.

—Esto es un error —murmuro.

—¿Crees que debería enviar a otro? —Garrett me pregunta con tono cortante, pero sé que realmente quiere saberlo.

—No. —Pateo una piedra con suficiente precisión para enviarla por los aires—. Tienes razón.

No hay ninguna posibilidad de que deje ir a Sheridan con otro. Enloquecería si no pudiera estar a su lado para protegerla.

Además, Garrett y Tank tienen una jerarquía alta en la manada para ir al club. Ponerse en las garras de los vampiros podría invitarlos al asesinato o al secuestro y aunque acabamos de declarar la paz, es mejor no tentar demasiado a los vampiros. Un ataque a un alfa o a su segundo podría significar la guerra.

Jared podría acompañarla si se lo pidiera, pero tomó a su compañera recientemente. Como soltero, soy prescindible. Si pierdo los estribos y le doy una paliza a una sanguijuela, la manada podrá encubrirlo más fácilmente. Culparán a mi mal genio o me darán un tirón de orejas, siempre y cuando golpee a una sanguijuela menor y no persiga al propio Lucius.

—Iré —le digo a mi alfa.

Sheridan espera a que Garrett desvíe la mirada para arquear una ceja hacia mí. Vestir el depravado atuendo en lugar de su engreído traje realmente saca a relucir su descaro.

Tengo que sacarla de ese atuendo, pero no para que vuelva a ponerse el traje. La quiero desnuda.

Joder. No. Eso no.

Miro fijamente a Sheridan. Abre los ojos de par en par como si supiera lo que pienso, pero me devuelve la mirada con un movimiento de cabeza, haciendo otra mueca. Garrett la sorprende y frunce el ceño:

—Compórtate.

—Por supuesto —Sheridan sonríe como un ángel travieso—. ¿No lo hago siempre?

* * *

Trey

—¿Cómo sabías que estaríamos ahí? —le pregunto a Sheridan cuando la dejo junto a su coche en el aparcamiento del Shifter Fight Club. Después de algunas preguntas, Garrett y yo descubrimos que había ido caminando, entonces Garrett me pidió que la trajera de vuelta.

Así fue como terminé montando mi moto de regreso con los brazos de Sheridan alrededor de la cintura, su suave cuerpo presionado contra mi espalda; colmillos en la boca y erección a punto de romperme la parte delantera de los vaqueros.

Vaya suerte la mía.

—¿Sheridan? —le pregunto de nuevo, poniéndome delante de su cara para que no pueda esquivar mi pregunta —. ¿Cómo supiste que nos encontraríamos con las sanguijuelas allí?

Por la forma en que duda antes de responder, sé que no me va a gustar la respuesta.

—Nerón —admite—. La sanguijuela Nerón.

Mis palabrotas resuenan alrededor del aparcamiento.

—Trey, puedo manejarlo.

—¿Sí? ¿Por qué te invitaría a algo como esto?

Ella se mordisquea el labio.

—No lo sé.

—Joder, le gustas.

—No lo sabes —dice rápidamente—. Probablemente solo quería incluir a la manada de Phoenix en la negociación. Provocar problemas.

—¿Por qué lo haría?

—No lo sé. —Ella me mira como si yo fuera el problema —. ¿Porque es lo que hacen las sanguijuelas?

Maldigo un poco más pateando la grava, deseando que fuera la cabeza de Nerón o la de Lucius. No me importa que atacar al rey vampiro desate una guerra. Si se mete con Sheridan, matarle valdría la pena.

—No me gusta.

Sheridan pone los ojos en blanco.

—A mí tampoco me vuelve loca que ande cerca de mí. La próxima vez que me toque, le daré una paliza y le lanzaré por encima de la barra del bar. —Ella se frota la muñeca, mi visión se estrecha, el pelaje de mi lobo crepita en mi antebrazo.

—¿Te tocó? Joder, Sheridan, esos tipos son peligrosos...

—¿Crees que no lo sé? —Vuelve a mi cara, señalando el edificio—. Tú eres quien los deja entrar. ¡Este lugar está plagado de ellos!

—Esta área es tierra de nadie. No estamos en territorio de manada; de lo contrario, Garrett tendría que vigilarnos. De esta manera damos la bienvenida a todos, pero también significa que las sanguijuelas y los cambiantes son libres de venir. No me gusta, pero es la forma en que tiene que ser.

—¿Y qué sacas de esto? —Se acerca más, estudiando mi

cara como si realmente quisiera saber—. Este lugar es un basurero.

Doy un paso atrás.

—Supongo que ahí es donde pertenecen los marginales como yo. —No creo que Sheridan realmente piense eso de mí, al menos no lo pensaba cuando éramos niños. Pero repito como un loro las palabras de su padre, que nunca quiso que estuviera cerca de ella.

—No he dicho eso. Sé que te gusta pelear, pero... —Ella se detiene—. Pero este lugar, con el gorila aterrador de la puerta, las sanguijuelas acechando en la esquina y los borrachos, es casi como si tuvieras ganas de morir.

—No estoy hablando de eso. No es asunto tuyo. Además, puedes hablar con ellos y aceptar invitaciones de vampiros. ¿Y si hubiera planeado quedarse a solas contigo y acorralarte?

—Puedo cuidar de mí misma, Robson. —Sus labios se curvan—. No eres el único que puede pelear.

Me abstengo de poner los ojos en blanco a duras penas. Sí, es una hembra alfa fuerte, pero no es invencible. Hay peligros que van mucho más allá de asistir a la universidad de otro estado o llevar los números para una fábrica de cerveza.

—¿Quieres que te lo demuestre?

No intento ocultar mi exasperación.

—No, Sheridan. Quiero que te alejes del maldito peligro.

—Tú y yo, en el ring —me desafía.

Oh, por favor. Levanto las manos.

—Vale, cariño. No tienes que ponerte a la defensiva.

Cruza los brazos sobre el pecho.

—Esto no es defensivo. Esta soy yo preparándome para

patearte el trasero. Dime la hora; vendré aquí y subiré al ring contigo.

—Vale, de acuerdo, puedes cuidar de ti misma —concedo.

—Dime la hora, Robson. —Su voz se vuelve provocativa—. Pensé que te encantaba el combate.

La miro fijamente por un largo momento. Me gustaría fingir que no me imagino a los dos deslizándonos en el foso, o luchando desnudos en el barro, pero la polla se engrosa contra la cremallera.

—Vale, está bien. Mañana. Al mediodía.

Su expresión me irrita como el ácido.

—Prepárate, Robson.

—Estoy deseando que llegue —respondo, y gruño ante mi propia penosa respuesta.

—Mañana entonces.

—Vete a la mierda —murmuro.

—No, gracias. He estado allí, he hecho eso, tengo la camiseta de recuerdo. —Se estira el cabello y se saca mi chaqueta—. Toma. —El cuero emana una esencia de naranja y vainilla mezclada con mi aroma. Huele bien. Muy bien. Una combinación perfecta.

Nos miramos el uno al otro por encima de la prenda de vestir. Doce años nos separan. Hay mucho dolor pero debajo de los recuerdos de cómo nos lastimamos hay más, mucho más.

—Quédatela —le digo con voz ronca. Me gusta saber que tiene algo que me pertenece. No es mucho, pero es algo.

Aprieta la chaqueta contra su pecho asintiendo bruscamente. Algo en mí se estremece un poco, como si me sintiera aliviado de que no me haya tirado el obsequio en la cara. Cielos, esta mujer todavía me gusta.

La miro pavonearse hacia su coche con las caderas que

se contonean tentativamente y cierro las manos en puños. No sé qué quiero más: estrangularla o follarla. Probablemente ambas cosas. Sí, eso sería bueno.

Contengo la respiración hasta que las luces traseras del vehículo desaparecen. Cuando finalmente exhalo, me siento sin aliento como si hubiera corrido kilómetros. Como si me hubiera dado un puñetazo en las entrañas.

Sheridan Green. Maldición.

Capítulo Seis

Doce años atrás

S *heridan*
Me dirijo a mi casa con una sonrisa secreta en los labios. Después de clase, solía dedicarme a los deberes y al estudio de las atiborradas páginas de mis libros de texto hasta que se me nublaba la vista. Trey lo cambió todo.

Subo los escalones de dos en dos sintiéndome suelta, flexible, llena de luz. Mi cuerpo canta la canción de una mujer satisfecha. Me sonrojo de solo pensarlo. Una mujer, no una niña. Trey me hace sentir viva.

Mi subidón dura lo que tardo en girar el pomo de la puerta principal pues tan pronto como la abro, mi madre aparece frente a mí.

—¡Sheridan! —grita. Mi papá se cierne detrás de ella.

La sonrisa se desdibuja de mis labios. Cielos, ¿saben dónde he estado?

—¿Mamá? ¿Papá? —Estudio sus rostros.

—Entonces, ¿cuándo nos lo ibas a decir? —pregunta mi madre, por un momento estoy a punto de desmayarme.

—¿Contar qué? —susurro, sintiéndome mal. ¿Cómo se enteraron de Trey? ¿Alguien les dijo?

Una sonrisa brillante aparece en la boca de mi madre y parpadeo. No hay forma de que sonría si supiera lo que estuve haciendo con Trey después de clase.

—*Lo de Stanford*, tonta. La señorita Stefani, la consejera escolar, llamó hoy para presumir de ti. ¡Wolf Ridge se enorgullece de graduar a una estudiante del último año con destino a la Ivy League!

Desde que Trey descubrió la carta, el temblor nervioso que siento en el vientre se vuelve más salvaje, como una camada de anguilas dando vueltas.

—Bueno, no estoy segura de ir.

La sonrisa de mi padre se convierte en un ceño fruncido.

—¿De qué estás hablando?

—California no está tan lejos, cariño —dice mi madre.

Jugueteo con la cremallera de la mochila. Los ojos de mi papá se entrecierran.

—¿Se trata de ese chico Robson?

Se me revuelve el estómago.

—No —miento.

Mis padres escuchan la falsedad en mi voz.

—Tu futuro es mucho más importante que un tonto romance de instituto —dice mi madre.

—Vas a ir —insiste mi papá. Hay una promesa helada en sus palabras, como si él personalmente fuera a llevarme a la universidad; gritando si me niego.

Intento parecer inquebrantable, como si esta siguiera

siendo mi decisión, que debería serlo. Me encojo de hombros casualmente.

—He enviado mi carta de aceptación, pero todavía me lo estoy pensando. —Intento infundir en mis palabras la impronta suficiente para sonar como si fuera una mujer hecha y derecha, luego me giro sobre los talones para dirigirme a mi habitación.

—No te vayas cuando estemos hablando contigo. —Y así sin más, la conversación pasa de *estamos orgullosos de ti* a *estás con la mierda hasta el cuello, jovencita*.

Por primera vez en mi vida, considero huir. Es un pensamiento precipitado e irracional, pero aparece en mi cabeza inmediatamente, como si fuera la única solución. Tengo casi dieciocho años, no deberían dirigir mi vida así. ¿Trey vendría conmigo si lo hiciera?

Me detengo y me doy vuelta, rechinando los dientes.

—¿*Qué*? — Sí, puedo jugar a ser una odiosa adolescente.

—Irás a Stanford —dice mi padre—. No hay nada que decidir.

Quiero discutir y pelear, pero mi padre planta su tono alfa y sé que no habrá victoria. Tal vez por eso mi cerebro produjo *huir* como única opción.

Las lágrimas de la derrota aparecen en mis ojos, pero no dejo que las vea sino que giro y corro hacia mi habitación. Cierro la puerta como si tuviera trece años otra vez.

* * *

Presente

Sheridan

. . .

Vuelvo al club de lucha a las doce menos cuarto del mediodía. La luz del día no le hace ningún favor a este lugar, pero no puedo evitar calcular el coste del pavimento, la pintura nueva en el interior, tal vez algunas gradas alrededor de la jaula... Este lugar podría ser de fiar. Por supuesto, me gustaría echar a los vampiros, o tal vez, simplemente hacerles firmar algo que restrinja su actividad. Parte de la emoción de este lugar es el peligro; no me gustaría erradicarlo por completo.

Mis pensamientos giran en torno a formularios de exención, licencias de licor y costes de un lavado de cara cuando mis ojos se posan en la alta silueta de Trey, de pie bajo un charco de luz con motas de polvo que bailan alrededor de su poderoso cuerpo. Los tatuajes no están nada mal. En realidad, son obras de arte, de verdad. Quisiera sacarle la ropa y que me cuente la historia de cómo, cuándo y por qué se los hizo, excepto que eso significaría que estaría desnudo.

¡No! Basta, chica. Mala idea.

—¿Estás lista para esto? —Trey llama y troto hacia él. Llevo pantalones de yoga y un top suelto, mi típica ropa de gimnasia.

Su frente se arruga mientras lee la palabra en mi camiseta.

—¿Solo haces glúteos en el gimnasio?

Sonrío.

—Compré esta camiseta en Etsy.

—¿Sabes siquiera qué es *buttstuff*?

Alzo la barbilla deseando que no se me ruboricen las mejillas.

—Sí. Y sostengo la afirmación de mi camiseta. Al menos, por ahora. —Me muerdo el interior de la mejilla después de agregar esa última parte. La expresión desconcertada de Trey cambia a la de animal hambriento que mira a su presa.

Me aclaro la garganta pretendiendo que no solamente estábamos dándole vueltas al tema del sexo anal.

—¿Vamos a hacerlo en el ring? Luchar, quiero decir —Aclaro, no sea que se piense que todavía seguimos hablando del culo.

Trey parpadea y se sacude como si estuviera despertando de un sueño. Espero que no sea un sueño donde me pasa sus grandes manos por las piernas y me prepara para que tome su polla en mi...

¡Ah! ¡Deja de pensar en ello!

—Uh, sí. En el ring. —Hace un gesto con la mano y entro en el corral, contenta por tener la oportunidad de darle la espalda y ocultarle mi rostro encendido.

Me he dado cuenta de algo en las últimas doce horas desde que le vi.

Trey Robson es un picor, una picor grande, molesto y delicioso, que tarde o temprano voy a rascarme. Sé que es un jugador, sé que no durará. Hace doce años se agotó el amor y me rompió conmigo.

Pero ahora soy adulta, es mi turno de usarle y alejarme. Solo tengo que mantener intactos mi orgullo y mi dignidad. Y, cuando termine, mi corazón.

—¿Has hecho esto antes? —pregunta, entrando en el área vallada y cerrando la puerta metálica.

—¿Pelear contigo?

—No. —Él frunce el ceño—. Peleamos todo el tiempo.

—Sin embargo, antes no. —Trato de mantener la voz alegre pero fallo.

—¿De quién es la culpa? —Levanta una ceja rubia. Sus ojos son fríos como el hielo.

Me envuelvo los brazos alrededor de mí misma para apaciguar un escalofrío.

—La culpa es de los dos, creo.

—Sí.

Me sorprende que esté de acuerdo y ambos miramos el suelo por un momento.

—¿Qué tal esto? —digo caminando hacia él y le extiendo la mano—. El pasado, pisado. ¿Tregua?

—Tregua —repite suavemente y me estrecha la mano. Entonces caigo y caigo en las profundidades de sus ojos de océano, caigo en la magia de Trey. El contacto de sus dedos canta en mí y me trae todo tipo de recuerdos de cuando deseaba que me tocara para siempre. Doce años después de que nos alejamos el uno del otro, de las ruinas de nuestro amor, desearía que él se hubiera apegado más a mí. Incluso después de habernos hecho tanto daño, podría abrazarme y nunca irme.

Cuando Trey me suelta la mano, el hechizo se rompe.

—¿Lista?

—Sí. —Reboto en las puntas de los pies. Si no puedo abrazarle, puedo golpearle. Preferiría eso a largo plazo, de todos modos.

Entonces se quita la camiseta.

—¿Qué...? —Se me seca la boca de repente—. ¿Qué haces?

Deja caer la camiseta a sus pies y se frota los tatuajes de sus brazos distraídamente. Los músculos magros estallan y se flexionan perfectamente en exhibición, sin que él siquiera lo intente.

—Preparándome para pelear, cariño.

Entrecierro los ojos. Quisiera decirle que está jugando sucio pero luego tendría que admitir que verle sin camiseta me afecta.

—¿Debería quitarme la mía entonces?

Su mirada se ensombrece.

—Si quieres.

Le tomo la palabra, me quito la camiseta y suelto en el suelo junto a la suya. Mis chicas, dentro de un sujetador deportivo de color rosa intenso y apretadas contra la tela, quedan orgullosamente expuestas.

Es el turno de Trey de parecer anonadado mientras le sonrío:

—La venganza es un juego limpio.

—La venganza es fatal —responde, pero una sonrisa se dibuja en su boca.

—No. La venganza es una loba llamada Sheridan. —Con tetas fabulosas, agregaría.

Me doy la vuelta y pretendo hacer algunos estiramientos de precalentamiento. Definitivamente no ejecuto las posiciones que mejor muestran mi trasero. Claro que no. Eso sería cruel.

Cuando vuelvo a girarme, tiene los ojos cerrados y se pellizca el puente de la nariz mientras inhala profundamente.

—¿Todo bien? —pregunto armándome de toda la inocencia que puedo reunir.

—Sí. Justo... Sí. Todo bien. —Deja caer su mano mirando a todas partes menos a mi cara, mis caderas o mi escote—. Comenzaremos de manera simple. Voy a por ti y tú tratas de detenerme.

—¿Eso es simple? —pregunto secamente, pero me encojo de hombros—. Venga, entonces.

—Vale. —Trey suspira. Luego viene hacia mí con los ojos brillantes, sus músculos me llenan la visión y por un momento quedo presa del pánico...

Pero entonces mi entrenamiento de defensa personal

entra en acción. Me acerco a él, agarro su mano izquierda, me doy vuelta y lo saco del equilibrio, golpeando mi culo contra sus caderas y haciéndolo rodar por mi espalda. Se estrella contra el suelo y antes de que se recupere de la sorpresa, dejo caer una rodilla sobre su pecho, inmovilizándole en el suelo.

—¡Ríndete!

Trey me mira fijamente, sin hacer ningún ademán para tratar de luchar contra mí u obtener ventaja, a pesar de que sé que puede. Sus fosas nasales se agitan como si estuviera inspirando mi aroma y veo el destello plateado en sus ojos. Es el lobo. Después del tiempo que dura un latido, me levanto y retrocedo.

—¿Dónde diablos aprendiste eso?

—En la universidad. —Me encojo de hombros—. Tomé algunas clases.

—Menos mal que fuiste, entonces. —Hace una mueca justo antes de que yo la haga.

Le miro con estupor cuando algo antiguo y profundo se retuerce en mis entrañas. Cuando rompió conmigo por primera vez, me había convencido de que era para asegurarse de que fuese a Stanford. Así no renunciaría a la oportunidad por culpa de él.

Pero entonces él...

Uf. No quiero pensar en aquello.

—Lo siento. Simplemente no lo puedo creer... —Trey mira alrededor de la jaula como si no supiera cómo llegó aquí. Le ofrecería una mano pero no creo que sea una buena idea tocarle la piel. Acostumbrarme a la sensación de su mano en la mía. El aire entre nosotros crepita—. Es como si fueras una persona diferente.

—No. Todavía soy yo. —No le cuento que después de que rompimos, examiné mi vida. En la superficie, fui a la universidad e hice todo lo posible para ser la loba perfecta que mis padres me criaron para ser, pero en el fondo, estaba cavando hondo y descubriendo quién era yo en realidad. Tenía que agradecerle o culparle a Trey por el viaje. Fue el primer lobo en mi vida que me vio a mí de verdad y me amó de todos modos. Al final, nuestra relación fue un desastre aunque también un regalo. Tuve que renunciar a Trey, pero me encontré a mí misma.

—Creo que nunca te había visto con una camiseta novedosa. —Hace un gesto hacia la camiseta del gimnasio arrugada en el suelo—. O ese atuendo de anoche. Nunca hubiera imaginado que tuvieras algo así.

—No es mi ropa de oficina diaria —digo— pero me gusta divertirme. Tú me lo enseñaste —agrego sonrojándome. Su particular forma de diversión implicaba una moto o estar en algún lugar sin ropa.

—No creo que Garrett te haya visto usando tanto maquillaje. Casi no te reconoció.

—Pensé que parecía sorprendido.

—¿Sorprendido? Casi se hace en los pantalones.

Mastico el interior de mi mejilla.

—Oh, es cierto, tú no dices palabrotas —bromea Trey—. Algún día voy a hacer que digas la palabra *joder*.

Pongo los ojos en blanco.

—Venga —insiste—. Solo una vez. Dila.

—Vale, está bien —sacudo la cabeza y anuncio—: La palabra J.

Trey gime.

—Voy a hacer que la digas.

—Dice el hombre que acaba de ser noqueado en el suelo.

—Algún día te pillaré desprevenida. Te haré gritarla.

Entrecierro los ojos.

—No lo harás.

—Lo haré —promete con los ojos entornados, la mirada clavada en mi rostro. Siento un cosquilleo en los labios—. Joder, hace tanto calor.

El calor se siente entre mis piernas tras la admisión de Trey. Ni siquiera sé por qué pensaría que decir la palabra J es sexy, pero saberlo me excita.

—Sigue soñando, cabeza de luna —respondo con primor y ambos nos echamos a reír. Trey se estira en la colchoneta, yo me tumbo junto a él a un brazo de distancia. Se siente natural.

—En serio—dice—. ¿Por qué aprendiste movimientos como ese?

—¿Realmente quieres saber? Tienes que prometerme que no te asustarás. —Ante su mirada aguda, suspiro—. Tuve un acosador.

—¿Qué? —Todo su cuerpo se sacude y le tiendo una mano—. Relájate. Se acabó. Yo me encargué de él.

Sus ojos son brillantes como los de un lobo.

—¿Quién era? —gruñe.

—Un tonto de la fraternidad, de familia rica y privilegiada. Creo que su madre era jueza. Obviamente estaba acostumbrado a salirse con la suya. Me llevó a solas a una habitación una noche en una fiesta. Con la música a todo volumen, supongo que nadie podía oírme gritar. Se acercó a mí y me empujó a la cama. —Hago una pausa recordando aquella horrible noche.

—¿Qué pasó? —La voz de Trey es grave, su lobo merodea cerca de la superficie.

—Le tiré por la ventana.

Trey parpadea.

—"Lo que no te mata, te hace más fuerte" —recito las palabras de la cita sabia de hoy y me encojo de hombros—.

No soy una víctima, Trey. Soy una loba. Tengo que hacerme la débil para proteger el secreto de la manada, pero me atacó. Y se lo merecía. Por la forma en que había preparado todo, probablemente se lo había hecho a otras chicas. Quería detenerle.

—¿Entonces le arrojaste desde una ventana de una planta alta?

—Fue desde la primera planta —me defiendo—. Solo se rompió ambas piernas, un brazo, un par de costillas. Pudimos pasarlo por accidente.

—Tiraste a tu acosador por una ventana —repite Trey.

Espero no estar imaginando el atisbo de orgullo en su tono.

—Sí. —Levanto la barbilla y lo asumo—. Lo defenestré. *Defenestrar* significa *tirar por una ventana* —explico mientras Trey pone los ojos en blanco—. Aprendí eso del calendario *La palabra del día*.

—Tú y tus calendarios. —Trey sacude la cabeza pero eleva la comisura de la boca.

—¿Ahora estás listo para creerme cuando digo que puedo encargarme de los vampiros?

Trey baja la cabeza.

—Supongo que sí. No me gusta, pero... maldita sea.

—¿Qué?

—Has cambiado, Sheridan. Me gusta. Me gusta mucho.

—Gracias. —Quiero darme la vuelta, ocultar cuánto significa su opinión para mí. Antes de que pueda, levanta una gran mano a medio camino de mi cara y se detiene. Me quedo inmóvil mirándole. Después de un momento, me quita un mechón de pelo de la mejilla y lo coloca detrás de la oreja.

—Sheridan —murmura—. Sheridan Green. ¿Dónde te has estado escondiendo?

"Justo donde me dejaste", quiero gritarle. "Estuve en Wolf Ridge, recogiendo los pedazos de mi corazón roto".

En lugar de gritarle, me estremezco cuando me frota el pulgar por el labio inferior. Su contacto me impacta provocándome un hormigueo más abajo.

—Siempre fuiste tan dulce. Pero también salvaje —añade con voz grave—. Al menos, lo eras conmigo.

"¡Es Trey!", me grita la parte cuerda de mí. "¡Es un jugador. Escribió el manual del jugador!". El resto de mí suspira cuando me coge por la nuca y me acerca más. Sus ojos son azules como aguas tropicales lejanas y mi cerebro quiere tomarse unas vacaciones en ellos.

—Tan traviesa. Y agradable. Y... —Cuando me roza la boca con sus labios, cierro los ojos—. Déjame... —susurra y le obedezco buscando sus labios con los míos; mi mente mareada se apega a sus órdenes como a un salvavidas—. Sí, así, cariño. Así de simple. —Trey profundiza el beso, su gran mano enhebra mi cabello e inclina mi cabeza donde quiere. Me relajo dejando que tome el control; todo mi cuerpo canta, suspira, se bebe cada palabra, cada caricia y susurro hasta que floto.

—Trey —respiro y él me responde con un breve beso. Es una locura. Se supone que debemos estar luchando. Estábamos peleando y entonces, ¿qué pasó? La magia de Trey.

Él retrocede y yo gimo un poco, siguiéndole con mi boca. Se supone que debo ser fuerte. ¿Qué estaba haciendo? Puedo ser fuerte.

Rompo el beso. No fuerza nada más, solo inclina mi cabeza hacia adelante hasta que mi frente toca la suya y sacude la cabeza lentamente. Nos quedamos así mezclando la respiración de ambos, en sincronía.

Cuando el espeso aroma de mi propia lujuria me invade, retrocedo. Trey me suelta y me incorporo respirando con dificultad, a pesar de que no nos hemos estado moviendo. Ojalá tuviera algunas palabras sabias en este momento, pero todo lo que puedo pensar es una variación de "Dale un pez a un hombre..."

"Dale un beso a un jugador y te poseerá. Enséñale a un jugador a besar y besará los labios de cada mujer en un radio de cien millas..."

Me aclaro la garganta buscando mi voz.

—¿Entonces estás convencido?

—¿De qué? —Parpadea.

—De que puedo cuidar de mí misma. Porque si lo estás, yo, mmm, tengo que irme.

Se apoya en un codo, con su hermoso rostro todavía sereno.

Levanto mi camiseta y prácticamente salgo corriendo de la jaula, solo me detengo cuando estoy libre para hablar:

—Te veré el sábado en el club de vampiros. Ocho de la noche. Si no estás allí, esperaré diez minutos y entraré sin ti.

—*Joder, que lo harás* —gruñe mientras salgo del edificio. Pero él no es mi jefe.

Solo tengo que recordarlo.

Capítulo Siete

Doce años atrás

T *rey*

Llevo mi moto destartalada hasta la salida lateral de Wolf Ridge High y me apoyo en un pie, esperando. Sheridan sale sola y se dirige directamente hacia mí, no como si estuviera feliz de verme, sino más bien ansiosa de poner distancia entre ella y el instituto.

Su expresión es cerrada, no sonríe ni me besa antes de pasar un tonificado muslo por encima de la parte trasera de la moto y subirse.

Algo la inquieta.

Yo soy tranquilo, así que de momento no desperdicio palabras en preguntarle nada al respecto. Me lo dirá cuando esté lista.

Le entrego el casco y espero a que se lo ponga antes de arrancar. Decido saltarnos nuestros lugares habituales,

Vitale Pizza o Wolf Ridge Cafe, y conducir directamente hacia las montañas.

Sé que cuando no me siento bien, dejar salir a mi lobo me cura. Una vez que tomamos el desvío hacia las montañas, aprieto el acelerador dejando que la sensación de viento en nuestras caras simule una carrera de cuatro patas. Creo que es por eso que los lobos jóvenes amamos tanto las moto. Somos criaturas físicas. Sentimos todo en nuestros cuerpos y mantenerlos encerrados en edificios o coches nos pone tensos.

Doy vueltas hasta la cima de la primera colina y aparco. Sheridan se baja y tira su mochila sobre una mesa, luego se sube y se sienta en ella con los pies apoyados en el banco. Luego mira hacia el terreno rocoso del desierto.

Me siento a su lado y le choco suavemente el hombro.

—Oye.

—Mi hermano murió hoy.

Oh.

Entiendo lo que quiere decir. Hoy se cumple el aniversario de esa muerte, no es el día real en que murió. Su hermano Zach era una estrella en ascenso en la manada. Cuatro años mayor que nosotros, fue mariscal de campo de fútbol americano y el mejor alumno con un viaje completo a Pepperdine. Murió en un accidente de moto el verano después de su último año de instituto. Ni siquiera un cambiante puede sobrevivir al colapso del cráneo.

—¿Le echas de menos?

Su cara se desmorona y respira con hipo.

—Mucho. Éramos muy unidos, en realidad.

Entrelazo mis dedos con los suyos y me quedo sentado con ella escuchando el canto de los pájaros, el silbido distante del tráfico debajo.

—¿Alguna vez te preocupa mi moto? —He pensado en

eso antes pero no quería mencionarlo. Nunca me demostró temor, así que pensé que no era un problema. Pero ya que estamos hablando de Zach, vale la pena discutirlo.

—No. De hecho, me encanta andar en moto. Me recuerda a él en el buen sentido. Solía llevarme todo el tiempo cuando todavía estaba aprendiendo. Incluso me enseñó a conducirla, en contra de los deseos de nuestros padres.

Le aprieto la mano.

—No me preocupo por ti porque eres prudente. No bebes y luego conduces. Usas el casco. Te lo tomas en serio.

—¿Zach no lo hacía?

Ella niega con la cabeza.

—Pensaba que era invencible. Sin casco, conducía como un loco después de beber, ya te haces la idea. —Se pone de pie y gira, sorprendiéndome a horcajadas sobre mi cintura.

Le palmeo el culo y la acerco antes de siquiera pensar si es inapropiado teniendo en cuenta por lo que está pasando. Sin embargo, parece estar de acuerdo. Sheridan entrelaza sus brazos alrededor de mi cuello y me besa.

Mis hormonas se activan inmediatamente; mi polla se pone rígida en la hendidura entre sus piernas. Deslizo una mano por su camiseta para palmearle un pecho.

Sheridan se mece contra mí. Hemos estado jugando de esta manera por un tiempo, la segunda base principalmente. Folladas en seco, algunos toqueteos. Una vez que me acerqué a tercera base, me moría por darle placer con la boca, pero ella se asustó y me apartó. La respeto totalmente.

—Estoy lista, Trey —me susurra al oído.

Mi cabeza se levanta, la polla se tambalea dolorosamente contra mis vaqueros.

—Compré condones —agrega ella.

Si esto fuera una caricatura, estaría balbuceando cómicamente como un idiota aturdido. Nunca en un millón de años soñé que me soltaría esto, especialmente en un día como hoy.

Juré nunca intentar nada si ella había estado bebiendo, pero mi chica está completamente sobria. Y triste. Y quiere que le haga mejor.

Seguro que puedo hacerlo.

—¿Estás segura? —Me sale un ronco graznido.

Se inclina hacia adelante y me muerde el cuello.

—Sí. Quiero *vivir*. No puedo simplemente eliminar toda la diversión para llegar al futuro que Zach no tuvo. —Cierra los ojos y sacude la cabeza—. ¿Tiene sentido?

—Sí. —Respiro con dificultad porque mi cuerpo ya se pone en modo animal. La doy vuelta y la empujo hacia atrás sobre la mesa. Estoy sobre ella en un segundo.

Es mi primera vez, pero mi cuerpo sabe qué hacer. O tal vez sea mi lobo. Le beso el cuello. Le mordisqueo un pecho. Sheridan gime arqueándose en la mesa, le subo la camiseta a las axilas y libero los senos del sujetador rosa intenso. Son jodidamente perfectos. Juveniles y firmes, son lo justo para llenar mis manos. Los pezones se vuelven aún más duros cuando los chupo.

—El condón está en mi bolso —susurra Sheridan—. Bolsillo exterior.

Maldita sea. Vino preparada. ¿Lo planeó? ¿Cuánto tiempo han estado esos condones allí? No le digo que compré una caja hace unos meses también, en caso de que llegase este momento.

—Los traeré en un minuto —murmuro, arrastrando la lengua por su vientre plano, girándola en la hendidura de su ombligo. El aroma de su excitación me hace cosquillas en la nariz y mi cuerpo reacciona como si fuera una patada de anfetamina.

* * *

Presente

Trey

Sueño con Sheridan pero no son los sueños húmedos de mi juventud. Son tremendamente angustiantes y dolorosos. Ella me tumba boca arriba, me patea las costillas una y otra vez sollozando. El nido de vampiros la captura, la arrastra, y no hay nada que pueda hacer para mantenerla a salvo. Luego su padre me pilla en la cama con ella y tortura a mi mamá para castigarme.

Me despierto con la psique magullada y maltrecha. La necesidad de cuidar de Sheridan y arreglar las cosas de una vez por todas me consume. Pero ¿de qué servirá? Sí, deliberadamente me separé de Sheridan porque quería lo mejor para ella. Podría ayudarla que lo sepa. Saber que nunca dejé de amarla.

Demonios, nunca he salido con otra chica desde ella porque mi lobo no la aceptaría. Quería a Sheridan desde el primer día que la vio y no me dejaba mancillar el recuerdo de ella con nadie más. La manada me llama "el monje".

Pero ¿por qué revolver el pasado si nada ha cambiado? Sheridan sigue siendo la princesa de la manada; su padre nunca me va a aceptar como su compañero. Asegurarme de que fuera a Stanford no me ganó ningún punto con ella o él. Simplemente solidificó nuestras diferencias.

Me levanto de la cama para meterme en la ducha. Sheridan está por todas partes, en mi cabeza, en mis pensamientos que giran en un bucle infinito de preocupación a su alrededor. Y entonces me doy cuenta de por qué.

Hoy es veinticinco de octubre, el aniversario de la muerte de su hermano. Mi compañera está sufriendo.

Salgo del agua de golpe y cojo una toalla. Me importa una mierda lo que pasó entre nosotros. No me importa si un futuro es imposible. Si Sheridan me necesita, ni todas las jaurías de la Tierra podrán mantenerme alejado de ella.

Me pongo un par de vaqueros, una camiseta, una de mis chaquetas de cuero y salgo. Gracias a la suerte le pregunté dónde se alojaba. Me subo a la moto y conduzco hasta la calle Meyer, recorriéndola hasta que veo su coche aparcado frente a una de las casitas.

Una vez que verifico que es su vivienda por el dulce aroma a vainilla y naranja, camino hacia la puerta. Solo entonces se me ocurre que podría no apreciar mi apoyo. Pero, qué diablos, tengo que ofrecérselo.

Llamo a la puerta y ella la atiende desgarradoramente encantadora. El cabello caramelo le cae alrededor de los hombros; lleva una delicada camiseta malva que le moldea los generosos pechos y un par de vaqueros pitillo que parecen puro pecado. Pero no es la misma de siempre. Hay una cualidad en ella que me estruja el corazón.

Hice bien en venir.

—¿Trey? —Su voz de miel y melocotón es gentil y desconcertante.

Giro la llave de la moto alrededor de un dedo.

—¿Quieres ir a dar un paseo?

Abre los ojos sorprendida con una expresión de confusión y asombro. Inclina la cabeza hacia un lado.

—¿Por qué?

Me encojo de hombros.

—Sé que es un día difícil para ti.

La expresión de su hermoso rostro se frunce instantáneamente. Las lágrimas brotan de sus ojos y ella se arroja a mis brazos.

—No puedo creer que lo hayas recordado, Trey.

Le acaricio su sedoso cabello.

—Sí, por supuesto que lo recordaba, cariño. —Inspiro su aroma—. Por supuesto que sí.

Su espalda tiembla en un sollozo silencioso.

—Todavía le echo de menos —se ahoga; las lágrimas me humedecen el cuello. Deslizo una mano debajo de su cabello y le masajeo el cuello.

—Lo sé —murmuro.

Después de un momento, se recompone, me olfatea y se aleja agachando la cabeza.

—Iré a ponerme los zapatos.

Me siento mareado de alivio. Vendrá conmigo. Me permitirá ofrecerle consuelo. No soy tan tonto como para creer que signifique algo en el gran esquema de las cosas, solo agradezco poder estar con ella hoy.

Sheridan regresa con mi chaqueta puesta y sus sexis botas de club. Se ha puesto brillo de labios, lo que hace que mi maldita polla olvide que estaba llorando hace dos segundos.

Extiendo la mano y enrosca sus dedos en los míos, dejándome llevarla fuera de la casita a mi moto aparcada detrás de su coche en la calle.

—¿A dónde vamos? ¿A las montañas? —pregunto.

—¿Has comido?

Niego con la cabeza.

—No. ¿Quieres comer primero? —sugiero.

Toma el casco que le ofrezco y tira su cabello hacia atrás antes de ponérselo.

—Definitivamente.

La llevo a un nuevo restaurante mexicano en Broadway

donde ambos pedimos huevos rancheros cubiertos de salsa verde y aguacate extra. Sheridan se lleva la comida a la boca como la cambiante saludable que es.

—No pensé que podría comer hoy, pero de repente me muero de hambre —dice entre bocados.

Sonrío. *Adorable loba*.

—Bien. Come.

Se limpia los labios en la servilleta.

—Entonces, ¿cuánto ganas en una semana con el club de lucha?

Vaya. Aquí viene Sheridan con su MBA, su mente brillante y el enfoque láser apuntando directamente a mí. Me encojo de hombros.

—Suficiente.

Ella toma un gran trago de agua helada.

—No, en serio. Hablemos de números. Apuesto a que se puede mejorar la rentabilidad del club.

Levanto una ceja.

—Pensé que ibas a tratar de clausurarlo.

Algo destella en su rostro, arrepentimiento tal vez. Deja caer los ojos en su comida y toma otro bocado.

—Eso puede no ser necesario.

—Mmm —gruño en respuesta.

—¿No me lo vas a decir?

—¿Qué?

—¿Tus números? A ver, diría que Luka y yo hacemos alrededor de novecientos en bebidas el miércoles por la noche y el margen es probablemente alrededor del treinta por ciento. Así que seiscientos de ganancia. Hay cinco personas en el personal, incluyéndome a mí. ¿Cuánto es eso?

Soy incapaz de negarle este juguete para su cerebro.

—Doscientos. Cincuenta dólares para cada uno de los

chicos de seguridad, veinticinco salarios base para los camareros. Pagaré tu desayuno —le digo con ironía, ya que nunca le pagué la noche que sirvió bebidas.

Sheridan pone los ojos en blanco.

—No me importa eso. Gané una tonelada de propinas, de todos modos. Así que cuatrocientos después de pagarle al personal. ¿Pagas a los luchadores?

Niego con la cabeza.

—Ese es un negocio aparte —aclaro.

—¿Financiado a través de apuestas ilegales?

Por supuesto, es demasiado inteligente para perderse lo que sucede. Encojo los hombros como reconocimiento.

—Así que cuatrocientos por noche. ¿Cuál es el gasto general del edificio?

—Es nuestro, por lo que son solo trescientos al mes en servicios públicos.

Sus cejas se levantan. No debería alegrarme de ver que está impresionada, pero son almacenes de medio millón de dólares. Ya no soy el niño pobre y desgarbado cuya madre tiene el trabajo más bajo de la manada.

—¿Eres el dueño?

—Jared y yo somos dueños de ambos almacenes. Su compañera usa el otro como estudio de danza y espacio de actuación.

—¿En serio? Uau. Me gustaría verlo.

—Estoy seguro de que Angelina estaría encantada de mostrarte todo. —Por un breve momento, me imagino a Angelina y Sheridan llevándose bien y a los cuatro convirtiéndonos en dos parejas felices de amigos.

No sucederá. Sheridan regresará a Wolf Ridge donde eventualmente dirigirá todo el espectáculo. Yo me quedaré aquí dirigiendo el club de lucha.

—De todos modos, si eres dueño de la propiedad, la

oportunidad de obtener ganancias es enorme. Solo necesitas maximizar el número de cambiantes que entran por esa puerta y darles una buena razón para quedarse, ya sea peleas u otro entretenimiento. Y, por supuesto, mantén alejados los problemas. —Ella frunce el ceño y mi tripa se tensa.

Tiro unos billetes sobre la mesa.

—¿Lista para un paseo?

Ella asiente.

—Lista. ¿A dónde vamos?

—Gates Pass. —Ante su mirada desconcertada, sonrío—. Te encantará, vamos.

* * *

Sheridan

Ir en la parte trasera de la moto de Trey por segundo día consecutivo hace que mi corazón dé un vuelco. Estaba demasiado melancólica para excitarme de camino al restaurante, pero ahora, la vibración entre mis piernas, el aroma familiar de Trey y su cuero me hacen mecer las caderas sobre el asiento. Presiono los senos contra su espalda, enrollo los brazos alrededor de sus abdominales de tabla de lavar.

Todavía no puedo creer que lo recordara.

Quiero decir, sé que hoy, también, es el aniversario del día en que tomó mi virginidad, pero dudo que lo haya marcado en un calendario para celebrar cada año. Especialmente teniendo en cuenta lo fácil que terminó conmigo al final del último año.

Mi cerebro quiere resolver este rompecabezas pero sigo

postergándolo. Si pienso demasiado en Trey y sus acciones, volveré doce años atrás con el corazón hecho trizas.

No, mejor permanecer en el ahora. Apreciar que Trey se presentara cuando lo necesitaba. Permitir que la sofocante pesadez del día se esfume y se aleje de mí.

Conduce hacia el oeste a la cordillera de Tucson y me lleva por un hermoso paso de montaña donde el aire huele fresco y limpio. Los cactus saguaro brillan bajo el cálido sol de otoño. Trey conduce a través del paso, baja por el otro lado, luego aparca en la entrada del sendero para King Canyon. Es viernes, un día laboral para la mayor parte de Tucson, por lo que el aparcamiento está vacío, excepto por la moto de Trey.

Mi loba comienza a mover la cola con ganas de estar en la naturaleza.

Trey me toma la mano y caminamos por el sendero que atraviesa el descampado. No habla y por una vez, yo también mantengo la boca cerrada. De repente, no hay nada que ser o probar con Trey. Nuestro silencio es comprensivo. Honroso.

Llegamos a un collado, un mirador increíble sobre la ciudad de Tucson, y Trey comienza a quitarse las botas mientras se saca la camiseta por encima de la cabeza.

Por un estúpido segundo, creo que quiere tener relaciones sexuales como si lo esperara porque fue lo que hicimos en el último aniversario de la muerte de mi hermano que nos vimos. Pero él me sonríe.

—El último en cuatro patas es un huevo podrido.

—¡No es justo! —grito porque ya tiene ventaja. Me quito la ropa y me transformo, luego alcazo a su lobo mientras subo el pico Wassan.

Corremos durante horas, mordisqueando, jugando, olfateando. Cazando.

Y luego todo termina cuando meto mi nariz en un cactus cholla. Es una idiotez. La primera lección que aprendí cuando crecí en Arizona fue mantenerme alejada de la cholla, también conocida como cactus saltarín debido a la forma en que los abrojos gigantes saltan y le clavan las púas a los transeúntes.

Grito de dolor principalmente porque me duele la nariz; la cara es muy personal y el dolor allí es intenso. En un abrir y cerrar de ojos, Trey se mueve a mi lado con preocupación grabada en su rostro.

Gimo intentando quitarme la maldita púa, que solo hace que más abrojos se atasquen en mis patas.

—Tranquila, nena. Déjame a mí. —Trey, el muy tonto, agarra la púa con *sus dedos* y me la arranca de la nariz. Vuelvo a gritar, pero es solo en parte dolor y parte preocupación por él, porque ahora tiene el abrojo firmemente incrustado en su pata delantera, lo que significa que no podrá moverse y correr de regreso a donde dejamos nuestra ropa.

Sin embargo, no se inmuta en absoluto. Simplemente me acaricia la oreja con su pata ilesa.

—¿Estás bien? —Se inclina cercde mi hocico para examinarme—. ¿Queda alguno? —Le lamo la cara, él se ríe y me frota la mejilla.

Me siento a la espera de que se arranque la bola de cactus de su pata, luego usa los dientes para sacar las púas restantes.

—Mejor. —Levanta su palma ensangrentada para que la vea y también la lamo.

En un instante, está de vuelta en cuatro patas corriendo montaña abajo. Doy un ladrido indignado y alegre; le persigo montaña abajo hasta pasar su elegante silueta blanca y plateada justo antes de llegar al collado.

Me transformo a mi forma humana, me río y me pongo la ropa.

—Te gané.

Trey también se transforma y se pone los pantalones vaqueros.

—Por supuesto que ganaste. —La satisfacción en su tono me dice que me dejó ganar, al igual que ayer en el gimnasio.

Al igual que te dejó pensar que le interesaba salir con otras, mi loba susurra.

Pero no. Eso es peligroso, una ilusión. Pasé cientos de horas en la universidad sentada en mi dormitorio tratando de convencerme de creerle. Pero no importa. Porque incluso si fuera cierto, me aseguré de que nunca me volviera a hacer daño.

Pero está aquí ahora, insiste la loba.

Sí. Está aquí ahora. ¿Significa que me ha perdonado? ¿Le he perdonado?

Deja de pensar. Deja de pensar. Solo disfruta de este momento.

Con el mismo silencio cómodo, caminamos de regreso a la moto para que me lleve a casa. Una vez aquí, Trey no se baja de la moto, como si solamente me hubiera traído. Definitivamente no espera sexo. La decepción instalada en la sección media de mi cuerpo me dice que yo sí.

—¿Quieres entrar? —Oh, cielos. ¿Sueno desesperada? Debería rogarme él a mí, no al revés.

Sus ojos brillan plateados.

—Joder, Sheridan. Por supuesto que sí.

—¿Pero?

Sacude la cabeza.

—No puedo. —Suena dolorido.

—¿Por qué no?

Su respiración se ha vuelto más rápida, se le marcan las venas del cuello.

—Tengo que llegar a al club de lucha. Tenemos un evento.

—¿Quieres que vaya?

—No. —Su respuesta es tan definitiva que me duele mucho más de lo que quiero admitir—. No, estamos bien organizados —dice tratando de suavizarla—. Pero te veré mañana por el asunto de la sanguijuela.

Algo se enrolla en mi estómago.

—Correcto. Claro. —Me doy vuelta y me marcho por el camino hacia mi casita sin despedirme.

Trey trama algo. No me quiere en el club esta noche. ¿Por qué? ¿Es por una mujer? ¿O por los vampiros?

Sea lo que sea, voy a averiguarlo.

Que me parta un rayo si cree que me mantendrá lejos.

* * *

Trey

Oh, demonios. ¿Sheridan realmente me invitó a su casa... por *sexo*? Maldita sea, nunca deja de sorprenderme. Necesité cada gramo de fuerza de voluntad para no cargármela encima del hombro, llevarla dentro y marcarla como mía para siempre; porque es lo que sucederá si alguna vez nos desnudamos de nuevo juntos.

Pero hoy está vulnerable, afligida. Puede que no haya sido lo suficientemente fuerte para resistirme a su oferta de adolescente, pero estoy seguro de que no voy a aprovecharme ahora. Sobre todo cuando no tengo ninguna posibilidad de mantenerla mía.

Definitivamente no estoy de acuerdo con un poco de sexo recreativo. No hay tal cosa para mi lobo. Quiere reclamar a Sheridan. Marcarla. Hacerla nuestra para siempre.

Significa que debo mantener una saludable distancia entre nosotros antes de arruinarlo todo.

Otra vez.

Capítulo Ocho

Doce años atrás

S*heridan*

Trey gruñe cuando desabrocho el botón de mis vaqueros y luego los bajo por mis caderas. A las lobas jóvenes se nos advierte que no debemos tontear con púberes ya que pueden perder el control con facilidad, pero Trey no es un chico.

Es todo un hombre, uno hermoso, y, aparte del gruñido, muestra una gran moderación, considerando que acabo de darle luz verde.

Besa mi coño por encima de las bragas, mordisquea tiernamente mi muslo interno. Frota su pulgar sobre el satén, encontrando el lugar que me estremece. Es increíblemente intenso. Nunca me ha tocado nadie allí y la necesidad de apartarle antes de perderme es casi tan grande como el placer abrasador que trae su contacto.

—Trey —gimo.

—Joder, sí, nena. Puedes decir mi nombre así cuando quieras. —Desliza su pulgar debajo de mis bragas y acaricia la hendidura.

Mi vientre se agita al respirar y me retuerzo. Trey envuelve un brazo alrededor de uno de mis muslos y se sumerge entre mis piernas. No estoy preparada para la caricia de su lengua en mis partes más sensibles.

Chillo, me sacudo, pero me mantiene quieta torturándome con movimientos rápidos en lo que debe de ser mi clítoris, —probablemente debería saber dónde está, pero no lo sé—, luego aplasta su lengua allí y me lame. Me recorre los labios internos, se adentra en mi abertura.

Gimo, suspiro y me retuerzo debajo de él.

—Trey, los condones.

Levanta la cabeza y se ríe.

—¿Tienes prisa por llegar a la meta, cariño?

Mi risa es una liberación de tensión nerviosa.

—Tal vez. Tengo mucha ilusión puesta en esto.

Mete un dedo y me incorporo en la mesa con un grito. La intromisión es apretada y un poco intensa, pero también se siente muy bien. Cuando lo desliza hacia adentro y hacia afuera lentamente, dejo que mi cabeza caiga hacia atrás. Mis ojos giran bajo los párpados cerrados.

Sabía que el sexo me sentaría bien. Simplemente no sabía que se sentiría tan bien. Y ni siquiera hemos llegado al plato principal todavía.

Trey agrega un segundo dedo y yo gimoteo, no porque duela, sino porque la intensidad se duplica. Cuando bombea, empiezo a gemir en cada exhalación.

Trey arrastra mi mochila con su mano libre y yo la agarro para sacar la caja de condones, luego le entrego uno. Sin embargo, todavía no tiene prisa. Agacha la cabeza y chupa un pezón mientras mueve sus dedos dentro y fuera de mí.

Agarro el condón y lo abro.

—Por favor, Trey —gimo.

Él gruñe y toma el látex, luego se baja los vaqueros lo suficiente como para liberar su erección. Para un tipo delgado y musculoso, su polla parece desproporcionadamente grande. No es que tenga algo con qué compararla.

Una vez puesto el condón, se monta sobre mí, entonces abro bien las rodillas y me acerco a él. Reclama mi boca con pasión, besando y chupándome el labio y... ¡oh, cielos! Me atraviesa con su miembro, entrando en mí de una sola vez con una embestida.

Grito de dolor, pero una vez dentro, no se mueve, excepto para correrme el cabello de la cara y mirarme a los ojos.

—¿Estás bien, nena?

Me tiembla todo el cuerpo, el calor me recorre en cascadas, pero asiento temblorosa. Sonríe y balancea sus caderas, retirándose un poco antes de volver a entrar.

Sí.

Esta vez se siente mejor. Satisfactorio. Muy bien.

—Otra vez —le insisto.

Repite la acción y mis dedos de los pies se curvan. Gimo y continúa meciéndose suavemente, llenándome, acariciándome las entrañas con su gruesa longitud. Estoy a punto de perder la cabeza, pero de alguna manera él todavía es capaz de acariciarme un pezón con la lengua y los dientes.

Le clavo las uñas en los hombros, engancho los pies alrededor de su espalda para tirar de él y que vaya más deprisa. Maldice y pone el torso por encima de mí, empujando con más fuerza.

Sorprendentemente es demasiado y delicioso. La cabeza

de su polla martilla algo dentro de mí, ¿mi cuello uterino?, pero ignoro el dolor sordo que me causa y sigo tirando de Trey hacia mí.

—Sheridan —dice. Su voz es grave y dolorida. Sus ojos brillan plateados, su lobo aflora a la superficie. Me pregunto si mis ojos han cambiado.

Los músculos de la espalda y de los hombros de Trey se contraen y parecen duras rocas. El mundo gira a mi alrededor. Cierro los ojos y vuelvo la cabeza hacia atrás con placer.

Trey grita embistiéndome más fuerte, luego empuja más hondo y ahí se queda. Su tonificado culo se aprieta cuando se libera. Sin entender completamente lo que sucede, mi cuerpo sabe la respuesta exacta. Un orgasmo explota, mis músculos internos se aprietan alrededor de su polla, sacándole más de su esperma.

Durante unos instantes, no estoy en ninguna parte. Simplemente floto, giro, disfrutando de las reverberaciones del placer a medida que mi respiración se ralentiza gradualmente y mi corazón deja de retumbar.

Trey me acomoda el cabello hacia atrás y me acaricia la mejilla. Parpadeo para abrir los ojos y me sorprende ver sus iris aún brillando plateados, sus caninos como púas, como si quisiera marcarme. Me doy cuenta de que su cuerpo tiembla encima de mí como si el esfuerzo por contenerse de marcarme le estuviera matando.

Y, sin embargo, continúa mostrándose gentil conmigo, manteniendo el control para no dar el paso que nos uniría por el resto de nuestras vidas, haciéndome suya para siempre.

Mi corazón palpita al saber que su lobo me eligió como su pareja. ¿Mi loba está de acuerdo? ¿Cómo lo sabría? Las hembras no marcan a sus parejas. No hay un suero especial para incrustarle en la piel a nuestros compañeros.

Independientemente de lo que piense mi loba, sé sin lugar a dudas que la idea de que Trey me marque es más que emocionante. De hecho, estoy en las nubes como si acabara de declararme inesperadamente su amor, prometiéndome su vida y su alma.

Le toco la mandíbula apretada.

—Creo que le gusto a tu lobo —le digo a la ligera, reconociéndole para evitar cualquier incomodidad.

Trey se retira de mí, se pone de pie para quitarse el condón y cierra la cremallera de sus pantalones.

—Demasiado, joder.

Me sube las bragas, luego los vaqueros y me sienta. Se queda de pie entre mis muslos y me sostiene miestras sus palmas me acarician la espalda y el cabello. Me besa la cabeza.

—Gracias, Sheridan.

Mi corazón da un vuelco en mi pecho. Todos los niños y adultos de Wolf Ridge que creen que Trey es un imbécil empedernido debido a sus peleas, por quién era su padre o por su falta de logros, deberían conocer esta faceta tierna, agradecida y dulce.

Levanto los labios para que me bese y pienso que si fuéramos cambiantes gatos, definitivamente estaría ronroneando en este momento.

* * *

Presente

Sheridan

. . .

Me presento en el club de lucha con una minifalda corta de pana roja y una blusa negra sedosa que deja un hombro descubierto.

Jared, en la puerta principal, se mueve para bloquear corporalmente mi entrada.

—No. De ninguna manera te dejaré entrar esta noche.

Tal como pensaba, algo sucede.

—¿Por qué no? —Trato de esquivarle, pero se mueve para bloquearme de nuevo. Me pongo las manos en las caderas.

—No debes distraer a Trey. Lo siento, Sheridan. Vuelve otra noche.

Levanto la barbilla.

—Voy a entrar allí. Trey es un hombre, no necesita que lo protejas de mí.

Jared combate una sonrisa.

—Sí, creo que sí. Aposté dinero por Trey esta noche, así que en realidad estoy protegiendo mis propios intereses.

Me quedo quieta.

—¿Trey está peleando?

Jared cierra los ojos, se gira y se golpea la cabeza contra el marco de la puerta.

—Seguro que se suponía que no debías saberlo. Ahora date la vuelta y regresa a tu casa, Sheridan.

—¿Por qué no querría que lo supiera? —Mi corazón late más rápido, pero no estoy segura de por qué.

Jared se frota la mandíbula.

—Tendrías que preguntárselo a Trey, pero no esta noche —agrega rápidamente—. Puedes preguntarle mañana. Después de que gane esta pelea.

Grizz sale y nos mira a los dos.

—Cinco minutos —le dice a Jared, murmurando.

¿Cinco minutos para el combate? Debo entrar. Pensar

en Trey en la jaula me aterroriza y me excita a la vez. Y no hay forma de que no le vea.

Hago otro intento de escabullirme de Jared mientras está distraído con Grizz, pero es demasiado rápido. Se encoge de hombros con una sonrisa engreída.

—Nada que delatar por aquí, ¿verdad? Tal vez deberías volver a casa.

Ignoro el comentario. Sí, claramente necesito hacer las paces con la manada de Tucson, pero no va a suceder esta noche. Esta noche, voy a entrar en el club de lucha para ver a Trey en el ring.

—¿Qué te hace pensar que Trey no ganaría si estoy allí? —Exijo. No puedo decidir si sentirme enfadada o halagada.

Jared apoya una mano contra el marco de la puerta y exhala un aliento exasperado.

—Sheridan, si entras, Trey va a preocuparse por tu seguridad: quién te habla, quién te toca... No va a concentrarse en su oponente y en ganar la pelea.

—No dejaré que me vea —jadeo—. Me quedaré en una esquina trasera hasta después del combate. Solo *déjame entrar*, Jared.

El crujido de una pesada bota suena detrás de mí y me doy vuelta para ver a mi primo Garrett viniendo hacia nosotros.

—¿Qué pasa?

Trago saliva. Esto va de mal en peor. Jared inclina la cabeza hacia mí.

—Quiere entrar. Le dije que no.

Rechino los dientes. Los labios de Garrett se contraen.

—Apesta cuando no eres quien manda para variar, ¿no?

Mi cerebro se ilumina con una idea y engancho mi mano alrededor del enorme brazo de Garrett.

—Me quedaré con Garrett —prometo—. No permitiré

que Trey me vea, pero si lo hace, sabrá que estoy totalmente a salvo con su alfa.

Jared mira a Garrett, quien se encoge de hombros.

—Bien —se queja—. Pero si Trey pierde esta pelea porque tú estás aquí, *te* cobraré mis pérdidas.

—Bien. —Me apresuro detrás de Garrett, pegándome a su lado como prometí.

Trey ya está en la jaula y Grizz anuncia a los concursantes. Garrett se abre paso a codazos hacia una mesa alta en la esquina trasera.

—Te preguntaría si quieres una bebida, pero luego tendría que dejarte, pero es como si fuera tu niñera esta noche.

Pongo los ojos en blanco.

—Ve a tomar una copa. Puedo cuidar de mí misma.

La multitud grita cuando Grizz hace sonar un silbato y se lanzan los primeros puñetazos, olvido la tensión entre mi primo y yo, o con Jared, o con el resto de la manada. Toda mi atención está en el hermoso luchador que pivota y combate en la jaula. Trey es grande, pero no robusto como Jared, Garrett o Grizz, sino delgado y musculoso. Pura gracia. Pura energía desenfrenada. Se mueve rápidamente y sus largos brazos lanzan puñetazos que aplastan a su oponente, un cambiante gato, si no me equivoco, bajo y macizo.

La lucha en jaula es salvaje, áspera. Cuando el cambiante gato salta, parece estar a punto de transformarse: los ojos brillan verdes y el pelo se le levanta en la nuca. Se lanza a Trey abordándolo con un movimiento de lucha libre.

Trey lo voltea, le corta el flujo de aire con un brazo en la garganta y espera hasta que golpee el piso para relajarse.

Contengo la respiración pero no tengo miedo. Estoy asombrada.

Ambos se levantan, Trey rebota sobre los pies, sus ojos se iluminan con total concentración. Sin embargo, son sus labios los que me llaman la atención. Perfilan una sonrisa.

Trey se está divirtiendo. Por supuesto que sí.

¿Cómo podría haber olvidado lo que significa luchar para él? Así es como se desahoga.

Sonrío también; mi cuerpo hormiguea con la conciencia de su virilidad, su poder arrollador.

La pelea termina demasiado pronto. Podría haber visto a Trey luchar toda la noche, pero su oponente cayó noqueado.

Grizz toma el puño desnudo de Trey —sin guantes de boxeo para este grupo de pendencieros— y lo sostiene en el aire. La multitud aplaude y yo lo hago saltando para ver por encima de las cabezas. Garrett me agarra de la cintura y me levanta en el aire. Cuando mi cabeza aparece sobre la multitud, Trey me ve. Nuestros ojos se encuentran y veo su cara dividida en una mueca justo antes de que Garrett me baje al suelo de nuevo.

Salgo corriendo y empujando entre la multitud. Garrett maldice a mis espaldas hasta que los asistentes se abren para Trey: sin camisa, ensangrentado, magnífico.

* * *

Trey

Nunca en un millón de años hubiera imaginado que Sheridan disfrutaría viéndome pelear. Sin embargo, ella lo disfrutó tanto que se lanza directamente hacia mí. La levanto, envuelvo esas piernas musculosas alrededor de mi espalda y me la llevo a mi despacho como un vikingo en plena conquista.

Se ríe en mi oído con una risa baja y ronca. Su aroma llega a mis fosas nasales; naranja, vainilla y el almizcle de su excitación femenina.

Joder.

—¿Por qué no me lo dijiste? —respira contra mi cuello mientras cierro la puerta de una patada. La empujo contra la pared y me refriego en la muesca de sus piernas.

—¿Decirte qué?

—Que luchas. ¿Por qué no querías que lo supiera?

Deslizo mis manos por debajo de su camisa, gimo cuando descubro que no lleva sujetador. Aprieto sus abultados senos y froto los pulgares sobre los pezones.

—No sabía que te gustaría. —La voz mía suena áspera para mis propios oídos. Raspo mis dientes a lo largo de su cuello, chupo su lóbulo de la oreja en mi boca. Agita sus caderas y se frota sobre mi palpitante erección.

—Pensé que lo odiarías, en realidad.

—¿Por qué?

Sin pensármelo, embisto en la muesca de sus piernas como si fuera a follarla en seco hasta el orgasmo. En sus axilas, queda la camisa dejando a la vista el par de senos más hermoso. Son un poco más grandes de lo que eran en la época del instituto, y joder si eso no dispara otro estallido de lujuria en mí.

Le acomodo los pies en el suelo para poder llevar mis dedos entre sus piernas. *Oh, dulce néctar*, está muy húmeda para mí. Corro las bragas a un lado y acaricio los labios regordetes.

—¿Condón? —jadea Sheridan.

Condón. ¡Joder!

Gruño y adentro un dedo en el estrecho canal. Así que solamente tendré que complacerla.

—No tengo uno —admito, ella gime—. Está bien, nena. —Bombeo el dedo índice dentro y fuera, luego lo extiendo hacia la pared frontal, tratando de encontrar el punto G—. Todavía puedo ocuparme de tus necesidades.

Se agarra de mis hombros y me clava las uñas en la piel desnuda.

Un gruñido sale de mi garganta y se me nubla la vista. De alguna manera, consigo respirar y concentrarme. Añado un segundo dedo y coloco la mano sobre el monte de Venus, ciñendo la palma sobre el clítoris. Sus músculos se contraen mientras meto y saco los dedos, adentro y afuera, intentando llegar al punto G de nuevo, y esta vez lo encuentro en el lugar donde el tejido es más rugoso.

Me trago su grito con la boca, besándola como si mi vida dependiera de ello. Como si el sabor de ella me sanara. Como si me diera más vida.

Tal vez así sea.

Tal vez sea mi muerte. Difícil saberlo. Todo lo que sé es que en este momento, ver a Sheridan durante el orgasmo es la única droga que anhelo. Poso mis labios sobre los de ella reclamando su boca con una intensidad mortificante, todo el tiempo moviendo los dedos y la base de mi mano. Cuando encuentro un pezón, lo pellizco con fuerza y ella echa la cabeza hacia atrás en un grito.

Continúo moviendo los dedos dentro y fuera, presionando el clítoris hasta que sus músculos dejen de contraerse. Entonces, cae hacia adelante contra mí jadeando.

—Trey...

Inspiro en su cabello y huelo a Sheridan. Mis dedos todavía permanecen curvados dentro de ella como si pertenecieran allí permanentemente. Lentamente los retiro y me los llevo a la boca para saborear uno a uno su esencia, todo el tiempo sosteniendo su mirada.

—¿No tienes condón? —Su voz ronca de tanto gritar, su mirada aturdida, provoca que la piel de mi lobo se erice.

Le hice eso. Pero aparentemente no fue suficiente.

—No, nena. ¿Quieres que vaya a pedirle uno a Jared?

Se sonroja y sacude la cabeza.

—Cielos, no. —Lanza una mirada pensativa hacia mí, considerando—. ¿Por qué no tienes uno, Trey?

Me quedo callado. Quisiera decírselo, pero mis heridas todavía siguen demasiado abiertas. Mis intenciones con ella son demasiado serias.

—¿No eres el gran jugador?

Me alejo como si me hubiera golpeado. El arrepentimiento aparece instantáneamente ene su expresión.

Solo sacudo la cabeza. Ella da un paso adelante.

—¿No?

—No hagamos esto, Sheridan.

El dolor se dibuja en su rostro.

—Correcto. No lo hagamos. —Se baja la blusa sobre los pechos y se acomoda la falda—. Bueno... gracias. Fue agradable verte pelear. Y, mmm, esto... —se sonroja haciendo un gesto hacia el despacho— fue, ah...

Vuelvo a presionar los labios en los suyos.

—No sigas.

Me mira con los ojos muy abiertos, expectante. Como si yo tuviese que guiar a donde demonios vamos. Y no tengo ni puta idea.

La beso de nuevo. No es el mismo beso de antes. Es más un sello. Como ponerle un final a algo. Lo hicimos.

Ahora se acabó.

Probablemente no deberíamos hacerlo de nuevo.

—Gracias por venir a verme. —*Te amo,* pienso—. Te acompañaré a tu coche. —*Te dejaré ir.*

Capítulo Nueve

Doce años atrás

Trey

La casa de Shoridan no es una mansión pero para un niño que creció en una casa premoldeada del lado equivocado de las vías, bien podría serlo. Mis raídas botas pisan ligeramente las relucientes baldosas, a pesar de que no hay nadie más que nosotros. Su padre está trabajando y su madre ha llevado a la hermana a Tucson por un torneo de gimnasia que dura todo el día. Odio estar aquí porque sé que el padre me daría una paliza si me encontrara, pero creo que eso forma parte de la excitación de Sheridan. Le apetece la picardía de follar bajo el techo de sus padres, y no voy a negarle ni una sola fantasía.

Doy una vuelta por su dormitorio examinando los tesoros de la infancia y los libros juveniles. Veo un papel escondido debajo del calendario de su escritorio como si fuera algo secreto y lo saco.

—¡Oh! —Sheridan lo ve al mismo tiempo que me doy cuenta de lo que es. Una carta de aceptación para la universidad de Stanford.

—Joder, Sheridan, ¿por qué no me lo dijiste?

Nunca hablamos del próximo año o de lo que sucederá cuando ella vaya a la universidad y yo me quede aquí, vendiendo hierba y trabajando en motos con Garrett y Jared. He intentado sacar el tema un par de veces, pero siempre se queda callada y cambia de tema.

—¿Por qué no has aceptado todavía? —digo cuando veo el formulario en blanco debajo de la carta, el que se supone que debe enviar para confirmar su lugar.

Me arrebata el papel.

—No iré. —Frunce el ceño—. Tengo una beca para ASU.

—Sí, pero esta es una universidad de la Ivy League, nena. Deberías aprovecharla.

Sheridan entrecierra los ojos.

—¿Por qué querría irme de Arizona?

Se me corta la respiración porque tampoco quiero que abandone el estado. Pero tampoco quiero que renuncie a su vida por mí. O tal vez no sea por mí. Supongo que debo averiguarlo.

—¿Por qué no lo harías? —la desafío.

Respira agitada, su esternón sube y baja, tentando a mis ojos hacia su escote, pero no me rindo.

—Por ti —responde.

Joder. Lo dijo. No puedo evitar la explosión de calor en mi pecho ni la sonrisa tonta que se extiende por mi rostro.

Le arrebato la carta de la mano y la dejo en el escritorio. Luego tiro de su brazo para colocarla delante de este. No se espera lo que sucederá a continuación. Tal vez esté loco por hacerlo, pero le empujo el torso hacia abajo y le doy una nalgada en el culo.

Se oye un grito ahogado, quizás de ambos, pero no me muevo. Supongo que permanezco a la espera de ver si se da la vuelta y me da un puñetazo en la cara. Cuando se queda quieta, la azoto una y otra vez.

—Este es por no decirme que entraste en la jodida Stanford —la sermoneo mientras le doy nalgadas, aumentando la intensidad a medida que gano confianza—. Y esta es por intentar desaprovechar una oportunidad increíble. —Con una pie, le separo los pies de un tirón y le doy una palmada entre las piernas. La polla se me pone dura como una roca porque me encanta impartir disciplina de esta manera—. Estaré aquí, Sheridan. Estaré aquí en Navidad y vacaciones de primavera. Y todos los fines de semana festivos. O, joder, iré también allí. Siempre he querido conocer California. El punto es que voy a esperarte. Ya sabes que no hay nadie más para mí. Mi lobo nunca aceptaría a otra compañera. Te escogió a ti. Eres tú. —Mientras desnudo mi alma, sigo dándole nalgadas todo el tiempo.

No me preocupa lastimarla porque los cambiantes nos curamos instantáneamente, así que mi única preocupación es si se enfada, y no parece ser el caso.

Dejo de azotarla y le aprieto el culo.

—¡Más! —gime.

Joder.

Como quieras, cariño.

Le desabrocho los pantalones cortos y se los quito junto con las bragas, agachándome en cuclillas para ayudarla a desenredarlos de las piernas. Después me pongo de pie y le suelto una estampida de bofetadas en el culo, variando de objetivo para que nunca sepa dónde caerá la siguiente: una vez en un muslo, la siguiente en la otra nalga, luego en el coño. Insisto con azotes hasta que su culo se torna rojo y su coño, resbaladizo e hinchado.

Luego tomo un bolígrafo y se lo pongo entre los dedos.

—Completa la carta de aceptación.

—No. No estoy lista para tomar esta decisión.

Ignoro el abatimiento que amenaza con instalarse. Créeme, lo entiendo. Vivir separado de Sheridan sería el peor tipo de patada de la historia. Pero hablamos de *Stanford*.

—Complétala. Envíala. Siempre puedes cambiar de opinión más tarde.

Da un suspiro exagerado, todavía negándose a sostener el bolígrafo que presiona en sus dedos. Echo un vistazo al escritorio y agarro una regla de su frasco de bolígrafos.

—Complétala, nena.

Se ríe en mi cara.

—Por favor. Eso no hará mucho.

Tiene razón. Es un pequeño trozo delgado de madera. Si lo usara bastante fuerte, probablemente se rompería. Aún así, tomo sus palabras como un desafío y aplico la regla a fondo, primero en una nalga y luego en la otra.

Chilla y se incorpora un poco, creo que funciona. La regla deja lindas rayas rojas. Lástima que sanen tan rápido cuando me gusta la idea de dejar marcas en ella. Algo para que me recuerde.

—Complétala.

Ella se ríe.

—Vale, vale. Lo haré.

Le froto el culo enrojecido apretándolo bruscamente. Con la polla tan dura que parece que va a romperse, sé que esta escena quedará en el archivo de los recuerdos durante los próximos años. Mientras Sheridan marca una casilla y firma la carta con su nombre, saco un condón de mi bolsillo y lo abro. Luego le vuelvo a dar dos azotes, uno en cada nalga.

—Ponla en el sobre.

Ella se ríe y hace lo que le digo. Me encanta que confíe tanto en mí para permitirme dominarla de esta manera y que esté tan excitada como yo. Tomo mi erección para colocarme el condón.

—Ahora a follar —digo, como si fuera parte del castigo.

Sheridan arquea la espalda levantando el enrojecido trasero hacia mí. Joder. Embisto lentamente al principio, pero está muy mojada, totalmente lista. Bien, entonces. Recibirá mi rudeza.

—Ocultarme secretos tiene consecuencias —le digo, empujando su torso hasta que queda apoyada contra el escritorio. Presiono la mano en su nuca para mantenerla en posición.

—¿Oh, sí? ¿Cuáles son? —Su voz ronca casi me hace eyacular en el condón ahora mismo.

—Estás a punto de averiguarlo, cariño. —Agarro su nuca y hago palanca hacia atrás para penetrarla de nuevo con fuerza.

Ella gruñe, luego gime.

—Voy a ser rudo hoy, lobita. Te voy a follar hasta que no puedas caminar.

Deja escapar un dulce gemido mientras continúo embistiendo, golpeando mi bajo vientre contra su caliente coño, separándole más los pies.

—¿Vas a ocultarme cosas otra vez, nena?

—Um, no —gime y entonces bombeo más deprisa.

—Así es. No lo vas a hacer. Porque ahora sabes lo que sucederá.

Me siento como una estrella del porno, del tipo que usa

y degrada a su pareja de la peor manera pero no puedo ponerme mal porque a Sheridan le fascina. De hecho, es difícil saber quién se excita más: ambos estamos a punto de estallar en un orgasmo tan potente que el techo podría volar de la casa.

De pronto sus sonidos se vuelven más urgentes cuando lloriquea con necesidad y las estrellas bailan detrás de mis párpados. Me tiemblan los muslos, se me inflaman las pelotas.

—¡Joder, Sheridan, joder! —No puedo detener el impulso de follarla con más ferocidad, perforarla más profundo, tan profundo que se acordará de mí cada vez que se mueva.

—¡Por favor, Trey! —gime.

—Voy a correrme —advierto, porque ahora no hay forma de detenerlo.

—¡Sí, córrete!

Me estampo contra ella disparando mi descarga y grita cuando su cuerpo explota de placer bajo el mío. Le levanto el torso hasta que su espalda se encuentra con mi pecho y le pellizco los dos pezones mientras ambos todavía nos liberamos; podríamos seguir así hasta mañana.

Como siempre, se me nubla la visión y los caninos se alargan. Si no la marco pronto, me volveré loco de remate, pero me mantengo fuerte por ella. Es demasiado joven y el padre me mataría. Esperaré hasta que sea el momento adecuado y ambos estemos de acuerdo. Aprieto los dientes manteniendo a raya a mi lobo, los músculos me tiemblan con el esfuerzo.

Cuando siento que estoy bajo control, le acaricio los turgentes senos mientras mi polla se balancea dentro y fuera de ella.

—Eso es, cariño. No hay forma de que te alejes de mí.

Podrías ir a la universidad por toda la Tierra y todavía te esperaría. O vendría a buscarte cuando terminaras. Eres mía.

—Márcame —susurra.

¡Joder! Los caninos descienden aún más.

—Todavía no. —Aprecio su oferta, pero me retiro. No confío en mí mismo para seguir tocándola cuando me tienta al máximo.

—¿Por qué no? —Se vuelve para desafiarme.

Me alejo dando un paso.

—Tienes que estar segura. Una vez que te reclame, no hay marcha atrás.

Baja el cuello de su camisa para ofrecer el hombro para mi mordida.

—Nena —digo. Me estoy muriendo. Mi polla se ha vuelto dura como una roca otra vez, el suero cubre mis dientes.

Pero esto es como lo de la universidad. No voy a dejar que arruine su futuro por el impulso de los dieciocho años de aparearse con el primer chico con quien folla.

—Hablaremos de esto más tarde. —Me alejo de ella, como si quitar la vista de su hermoso rostro de alguna manera aplacara el furtivo deseo del lobo.

—Te amo, Trey —dice suavemente a mi espalda.

Casi me caigo de rodillas.

No entiendo cómo esta chica puede simultáneamente hacerme hombre y darme una lección de humildad. Giro y me la echo encima del hombro para llevarla a la cama porque tengo que reclamarla de nuevo. No le daré mi mordida, pero sé que no puedo apartar mi polla de ella.

* * *

Presente

Sheridan

El club de vampiros queda escondido en el distrito de El Mercado, cerca de la parada del tranvía en el límite de su territorio. Es un edificio anodino de estuco con un bonito paisaje y una pasarela de piedra. Estoy allí justo al atardecer sentada en mi coche con la capota abierta, viendo el sol derretirse bajo el horizonte en una tormenta de color.

"Lo único que hay que temer es al miedo mismo".

Golpeteo el tablero con un dedo preparándome para entrar en la fortaleza vampírica. El hecho de que Lucius, el rey sanguijuela, me invitara no me tranquiliza en absoluto. A los vampiros les encantan sus invitados y no necesitan permiso para meterse en la cabeza de una víctima. Lucius no me habría invitado si no estuviera seguro de haber tomado la delantera. Está tramando algo. Tal vez tenga que ver con el misterioso vehículo negro que vislumbré en mi cuadra.

Alguien llama a mi ventana y me sobresalto en el asiento con un graznido, hasta que me encuentro con los ojos azules de Trey reflejando mi inquietud. Trey me mira preocupado mientras bajo la ventanilla.

—¿Todo bien?

—Sí. Simplemente, ya sabes, nerviosa. —No menciono el misterioso coche negro que pasó por mi casa un par de veces esta semana. Después de la historia de mi acosador, es posible que no se lo tome bien.

Trey abre la puerta y salgo. Viste su atuendo habitual de

motero: otra chaqueta de cuero, camisa blanca y vaqueros negros con una cadena. Lleva el cabello estirado con gel fresco, las botas un poco menos polvorientas y raídas que hoy.

Frunce el ceño al mirarme.

—¿Qué? —Miro mi pecho—. ¿Tengo algo en la camisa?

—Eso no es una camisa.

—Tienes razón. —Jugueteo con la cremallera entre mis chicas, tirando de ella hacia abajo otro milímetro antes de girar sobre mis Louboutin para darle la vista completa—. Creo que técnicamente se llama *catsuit*. —Deslizo las manos por el pronunciado ángulo que va de mi cintura a mis caderas acampanadas y hago una pose—. Miau.

—Joder —murmura Trey—. ¿De dónde sacas estos trajes?

—Del BDSM. —Me inclino hacia él e inhalo su aroma, una mezcla masculina de loción para después del afeitado y aceite de motor. Sus brazos me rodean automáticamente. No puedo evitar acercarme más—. ¿Hay una pipa de plomo en tus vaqueros o te alegras de verme?

—No me jodas. —Me abraza y hunde la cara en mi pelo; apuesto a que disfruta de la mezcla de nuestros aromas.

—Te he traído algo para que te pongas —murmuro.

—¿Oh, sí? —Su aliento me roza la oreja mientras me acaricia el cuello. Doy un paso atrás y Trey me suelta, siguiéndome con una mirada hambrienta. Mira el contenido de la bolsa de la tienda—. A la mierda, no —salta hacia atrás como si hubiera recibido un latigazo.

Sostengo la correa y el collar con tachones plateados.

—¿No? Irá con tu traje —añado, pavoneándome sobre los talones mientras él retrocede. Su gemido se profundiza mientras agito la bolsa, disfrutando de los resultados de mi regalo BDSM—. ¿No quieres ser mi perrito?

—Realmente gracioso, joder.

—Se dice *no, señora* —le instruyo con una sonrisa engreída.

Con un gruñido, Trey avanza. Retrocedo con los ojos desorbitados mientras sus casi dos metros se abalanzan sobre mí, luciendo como un vengativo dios motero. Me arrebata la correa y el collar de la mano.

—Tomaré esto.

—¿Lo vas a usar? —Me quedo con la boca abierta. Solo lo entendí como una broma.

Me lanza una mirada de amenazante promesa.

—Uno de nosotros lo va a usar esta noche. Pero no voy a ser yo. —Finge inspeccionar los artículos de cuero. La crueldad de sus ojos me hace vibrar hasta el interior de los muslos. Me tiemblan las rodillas.

Puede que haya provocado demasiado al lobo.

Me saca la bolsa de la mano.

—¿Qué más tienes?

—Ah, mmm, la mordaza es un regalo —tartamudeo—. Literalmente.

Sostiene la mordaza roja.

—Bonita. —La da vuelta antes de guardarla junto con la correa y el collar—. Me servirá.

Atrapa mi codo justo antes de que mis piernas cedan.

—Vamos.

Los últimos rayos del sol se ocultan tras las montañas cuando caminamos hacia el club. Un humano pálido, con una cinta negra atada alrededor del cuello, nos saluda en la puerta. Es delgado y de aspecto anémico, pero guapo como un chico de banda musical.

—Bienvenidos al Club Toxic.

Inhalo un último aliento de aire fresco, el pelo de la nuca se me eriza con el olor a vampiro cuando entro en la guarida. El portero se ofrece a tomar nuestras chaquetas y le doy una sonrisa de dientes.

—No traje una.

Trey, con el ceño claramente fruncido, se cruza los brazos sobre el pecho. El humano no retrocede y no muestra ninguna expresión en realidad. Reviso su cuello en busca de marcas de mordeduras, pero no veo nada bajo la gargantilla de satén que parece ser un collar improvisado. Probablemente por eso lo lleve puesto.

—Llegamos temprano —murmura Trey, mirando alrededor de la pista de baile vacía. Hay unas pocas personas sentadas en unas cabinas o paradas alrededor de mesas altas, pero casi no hay nadie aquí.

—A propósito. Quería replantear nuestro territorio antes de que aparezca una multitud de gente. —Mientras caminamos por la sala, me quedo lo más cerca posible de Trey sin llegar tocarle. El olor a vampiro me obstruye la nariz. Trey olfatea burlonamente:

—Huele a desagüe de fregadero.

Casi me río: el olor vacío y terroso me recuerda a una tubería de desagüe o a un sótano. O a una tumba.

El camarero, otro humano con rostro inexpresivo y gargantilla de satén, nos sirve bebidas sin comentar que llegamos temprano.

—¿Puedes avisarle a Frangelico que estamos aquí? —le pregunto a nuestro guía. El pálido humano parpadea hacia nosotros pero asiente y desaparece en la parte de atrás—. ¿Viste alguna marca de colmillos? —le pregunto a Trey en un susurro.

—No. Pero podría ser un drogadicto. Huele mal.

Trey coge su bebida pero no la prueba. Su mirada escudriña la sala como un guardia en el mirador.

—¿Entonces este es un club de vampiros? Un poco aburrido —dice.

—Llegamos unas horas antes.

—¿Crees que Frangelico se reunirá con nosotros?

—Tal vez. O enviará a uno de sus lugartenientes. Julio César o quien sea.

—Oh, sí. —Trey sacude la cabeza. Un grupo de gente entra al club y él endereza la postura. Ambos nos quedamos en silencio estudiando cada silueta. Todos son delgados, hermosos y de aspecto plástico, pero ninguno es un vampiro.

Nos quedamos en un rincón durante más de una hora fingiendo beber nuestras bebidas y observamos cómo se llena el local. En algún momento, aparece un DJ que comienza a poner las últimas canciones de moda y la pista se llena de cuerpos que bailan.

—Las sanguijuelas no tienen ningún problema en hacer popular este lugar —murmura Trey en mi oído para que pueda escucharle por encima del ritmo pecaminoso.

—Me pregunto si alguno percibe que es una presa —musito mientras mis ojos siguen a una pelirroja particularmente guapa, pecosa y curvilínea, cuya dulzura no he visto en ninguna de las hastiadas muchachas.

Una silueta vestida de oscuro sale de entre las sombras, le toma la mano y se inclina sobre ella. Desde mi posición, no puedo ver la cara del hombre pero la mira con una expresión de asombro teñida de lujuria. El hombre alto le pasa una mano debajo del brazo y la guía hacia la puerta, para desviarse y desaparecer detrás del área del guardarropa.

—Trey. —Le doy un codazo—. Creo que sé dónde está la verdadera acción.

Me sigue la mirada.

—Entiendo. Ve delante. Te cubro las espaldas.

Dejamos nuestras bebidas y nos acercamos a la pista de baile. La multitud se abre para darnos paso. El humano de la puerta no parece sorprendido de vernos.

—Os está esperando —nos dice cortésmente, haciéndose a un lado para revelar unos escalones que conducen a otra puerta pintada de negro para que coincida con las paredes. La puerta se abre y revela unas escaleras que conducen a una especie de sótano.

Disimulo mi disgusto: ¿cuánto tiempo nos iba a dejar esperando antes de llevarnos al verdadero Toxic, el club debajo del club?

—Sanguijuelas estúpidas, siempre jugando —murmura Trey, exactamente lo mismo que pienso.

Su gran mano en mi espalda me estabiliza mientras descendemos a las oscuras profundidades. Las paredes tiemblan con los graves de la música que suena sobre nosotros. Cuando llegamos al final de las escaleras, nos detenemos un segundo para dejar que nuestros ojos se adapten. Un tubo de neón púrpura cerca del techo recorre la sala y arroja una luz espeluznante. Formas oscuras y monolitos emergen de las sombras.

Por delante, la piel pálida de la pelirroja brilla como un faro. Es como un espectro enviado por un emisario vestido de negro que la convoca al Hades. La figura con traje que sostiene sus manos se gira y jadeo al reconocer los preciosos rasgos del vampiro. Nerón me sonríe antes de guiar a su presa humana a un pesado caballete de madera cubierto con cuero brillante. Un banco de azotes.

—Joder —murmura Trey, mirando alrededor de la sala—. ¿Es lo que esperabas?

—Sí —susurro—. ¿Estás listo para usar ese collar?

—Solo si tú lo vas a llevar —me dice.

Me muerdo el labio para ocultar la emoción que me

invade. Creo recordar que Trey tiene un poco de dominación sexual en su interior, lista para salir. Hasta de adolescente, sabía exactamente qué hacer y el brillo de su mirada me dice que ve mi excitación reprimida.

Más gente baja las escaleras y nos hacemos a un lado para dejarla pasar. Los vampiros rezuman de las sombras de la mazmorra, reclamando a sus humanas y llevándolas lejos. En toda la sala, los dominantes comienzan a atar, esposar o encadenar a la pared o a los potros y mesas de azotes disponibles. La música de la discoteca se mezcla con el sonido de los látigos y los gritos lastimeros de las ansiosas víctimas. Ninguno de los vampiros hace el papel de sumiso.

—Esto es una locura —comenta Trey, pero su voz es más grave, más gruesa. Asiento, contenta de que nadie note mis pezones duros o que mi bajo vientre esté encendido.

—Bienvenidos, lobos. —Una voz suave detrás de nosotros nos hace girar, y él curva los labios en un casi gruñido. Lucius, el rey sanguijuela, se encuentra de pie en un rincón iluminado, posando frente a un retrato gigante de sí mismo. Se parece al maldito Dorian Grey, con la misma sonrisa pecaminosa y bata de terciopelo que la de su imagen retratada.

—Hola —digo antes de que Trey pueda gruñir, ladrar o insultar a nuestro anfitrión—. Gracias por invitarnos.

—Siempre eres bienvenida aquí, querida —ronronea como el villano lascivo de una mala película. Lo único que le falta es una pipa para fumar y gemelas Playboy.

El rey vampiro se desliza hacia adelante y tengo que obligarme a no retroceder. A mi lado, Trey gruñe. Lucius se acerca un centímetro más a mí y se detiene, dejando claro que Trey no le intimida.

—Me preguntaste sobre la sangre dulce.

—Sí. —Miro fijamente la solapa de su bata de terciopelo.

—No es una droga, aunque los vampiros la encontramos embriagadora. Mirad allí.

Seguimos su indicación hacia la pared, donde un vampiro con pantalones negros y camisa con mangas enrolladas, que exhibe los antebrazos tensos, azota a una lánguida mujer. Los chasquidos de las tiras de cuero suenan seguidos de gemidos. Ella no parece que sienta dolor.

—Hay cierto tipo de persona que disfruta del dolor, ¿verdad? —La voz del vampiro resuena justo en mi oído, como si estuviera parado mucho más cerca de lo que está—. El cuerpo tiene formas de recompensar tal estoicismo.

—Endorfinas —agrego en acuerdo. Mis pensamientos se ralentizan. Los vampiros más viejos pueden controlarlos solo con su voz. Mi mano se tambalea a mi lado para encontrar la de Trey y le aprieto los dedos con fuerza. Me devuelve el apretón y mi mente se despeja.

—Sí. Para tal recompensa, algunas personas anhelan el dolor. Se les llama masoquistas. —Lucius asiente con la cabeza a la mujer de la pared. El vampiro ha cambiado el látigo por otro más largo y maligno. Puedo oler la excitación de ella desde aquí—. Lo llamamos sangre dulce. —Su voz cae a un susurro—. El dolor hace que la sangre sea más dulce.

Después de un chasquido, la mujer cae en sus ataduras. El vampiro se desliza a su lado y pasa una mano por las marcas rojas frescas en su costado. La sumisa se estremece y el vampiro se acerca murmurando suavemente. Le desengancha las esposas y sujeta su cuerpo flácido. Con un brazo la sostiene mientras el otro le acaricia el cabello hacia atrás de la cara y el cuello y la acerca. La luz resplandece en sus colmillos.

Jadeo y me vuelvo hacia Trey respirando con dificultad.

—Sheridan —la voz de Trey es una ráfaga de aire fresco,

dulce y vigorizante. Sus brazos se deslizan alrededor de mí, sosteniéndome como el vampiro sujeta a su víctima—. ¿Estás bien?

Asiento inclinando la cabeza hacia atrás para que pueda ver mi expresión. Su mirada preocupada se esfuma.

—Te gusta.

Asiento y me toca la cara, maravillado. La risa de Lucius resuena a nuestro alrededor.

—Os dejaré explorar mi pequeño club. Disfrutad.

No me doy vuelta para verle irse, pero reconozco el momento en que lo ha hecho. La pareja vampiro y víctima también ha desaparecido, tal vez en una de las alcobas con cortinas que rodean la sala.

Trey todavía me abraza.

—Si esto es demasiado, podemos irnos. —Su pecho retumba debajo de mi oreja.

—Estoy bien. —Le doy otro apretón. Es tan cálido y fuerte, una roca viviente.

—¿Estás segura?

—Estoy bien —repito—. Quiero quedarme.

Su mirada escudriña mi rostro y me alejo. No quiero que vea este lado de mí, crudo y vulnerable. Me aparto de él pero mantiene sus brazos cerrados alrededor de mí.

—Puedes irte si quieres —murmuro, y su mirada se vuelve fría.

—Me quedo.

—¿Estás seguro? —Imito su pregunta de un momento antes. Me burlo de él porque no quiero que me mire demasiado. No quiero que vea cuánto me excita todo esto. La expresión de su rostro me dice que ya lo sabe.

—Trey, suéltame —susurro.

—¿Estás segura? —No se está burlando de mí. Su pulgar

roza mis nudillos y me doy cuenta de que le agarro con fuerza.

Vaya.

Cuando me alejo de Trey, encuentro a Nerón parado cerca, demasiado cerca de mí.

—Hola, lobita —dice y me pongo rígida. El brazo de Trey se desliza alrededor de mi cintura, pero me alejo de él antes de que pueda tirar de mí hacia su pecho. Es hora de que me enfrente a los vampiros por mi propia cuenta.

"Lo que no mata..."

—No te tengo miedo —le digo, levantando la barbilla en el aire.

—Por supuesto que no. Puedo olerte desde aquí. Hueles... bien. —Lo hace sonar obsceno—. Te gusta este sitio.

—Me está empezando a gustar— respondo.

—Hay mucho que disfrutar. —Nerón sonríe mostrando un colmillo. No hay señales de la pelirroja con la que vino aquí. Me pregunto si se encuentra descansando en una alcoba, con un vaso de zumo de naranja y una barra de chocolate, esperándole. ¿Cuidado posterior a una escena BDSM o alimento para vampiros?

Nerón pasa una mano sobre el acolchado de cuero de un banco elevado.

—Seré tu guía si lo deseas. Virgilio para tu Dante.

—"Abandonad toda esperanza, vosotros que entráis aquí", cito el "Infierno" de Dante y la sonrisa del vampiro se ensancha.

—Exactamente. ¿Estás lista para venir conmigo?

Antes de que pueda responder, Trey gruñe.

—Sobre mi cadáver. —Trey se interpone entre el vampiro y yo—. ¿Quieres esto?

Me quedo helada cuando levanta el collar.

—¿Quieres probar esto? ¿Una escena aquí?

—Trey —susurro.

—Sheridan —su tono me advierte que habla en serio—. Dime.

—Sí. Sí, quiero intentarlo. Pero no contigo. —No después de anoche. Estoy demasiado débil para ofrecerme a él otra vez solo para que me lleve en el coche y me dé las buenas noches. Será mejor no involucrarme sexualmente con Trey. Involucrarme más sexualmente, quiero decir.

—No es una opción —gruñe y me pone contra la pared, bloqueándome de cualquiera que pueda acercarse—. ¿Cuál es tu palabra de seguridad, cariño?

Me relamo los labios. Cielos. Mi cuerpo ya se rinde a él. Ya conoce a su amo.

—Cálculo. —Soy un estudiante de finanzas con un MBA, me tomo la contabilidad en serio. Cualquier conversación alusiva al trabajo prácticamente romperá el ambiente.

Sacude la cabeza sonriendo de una manera que sé que entiende la broma. Me alejo cuando se acerca, pero después me levanto el cabello y dejo que me abroche al collar. Trey pasa gentilmente un dedo alrededor de mi cuello para comprobar el ajuste y me siento indefensa, las piernas se aflojan, mi núcleo se funde, los labios se separan para darle la bienvenida mientras le miro a los ojos.

—Perfecto —murmura, y acerca la cabeza lo suficiente para susurrarme al oído—. No compraste este collar para mí, ¿verdad?

Trago saliva negando con la cabeza.

Me lleva hacia adelante, luego me da la vuelta y me hace retroceder en un marco macizo. Las extremidades de madera de una cruz de San Andrés se extienden sobre mi cabeza, una pieza pesada con tachuelas plateadas y acolchado de cuero, y esposas que cuelgan a la altura de los tobillos y las muñecas.

Trey asegura un brazo, luego el otro, y se arrodilla para atarme las piernas. Más allá de él, Nerón observa con el rostro en la sombra.

Cuando Trey se levanta, el aura de autoridad que lo envuelve me revuelve el estómago. Como si hubiera accionado un interruptor y en lugar de un motero melancólico, tengo a Trey el Dominante, listo para hacer estallar mi mundo.

—Trey, espera —le digo mientras vuelve a examinar el puño.

Me pellizca con las yemas de los dedos, revisando la circulación.

—¿Te sientes bien?

—Sí. —Me retuerzo. He soñado con estar atada así, pero no quiero que Trey lo haga. Quiero decir, he fantaseado con él haciéndolo, pero ahora que está sucediendo, quiero que se detenga. ¿No?—. Espera un segundo —le suplico mientras revisa la otra mano—. Detengámonos y hablemos de esto.

Trey vacila frunciendo el ceño.

—Quieres parar, dime tu palabra de seguridad —me dice.

La palabra *cálculo* descansa en la punta de mi lengua. Solo tengo que decirla y me liberará. Puedo dejar atrás a Trey y al club, irme a casa y olvidarme de esto por el resto de mi vida. Eso es lo que quiero hacer, ¿verdad?

Después de un largo silencio, Trey murmura:

—Sí, pensé que sí. Di tu palabra de seguridad y esto se acaba. De lo contrario, continuaremos. Quieres esto. Sé que sí.

—Suéltame —silbo.

Sacude la cabeza lentamente.

—De ninguna manera, cariño. No cuando te tengo justo donde te quiero.

* * *

Trey

No tengo mis propios elementos. Noto que los otros dominantes llevan bolsas con equipamiento, así que me las apaño. Me saco el cinturón de cuero de las presillas y enrollo el extremo de la hebilla alrededor de mi puño.

Sheridan me mira con los ojos muy abiertos, medio nerviosa, medio emocionada. Mi lobo, más tranquilo de lo que esperaba, es como si presintiera el peligro aquí y supiera que necesito mantener la calma.

Menos mal, porque el aroma de Sheridan me vuelve loco.

Se ve extremadamente sexy en su traje de cuero ceñido a la piel, y por mucho que me encantaría ver su piel enrojecerse bajo los azotes de mi cinturón de cuero, no hay forma de que permita que algún imbécil aquí presente la vea desnuda. Me gusta la idea de que ella tenga una capa de protección, de todos modos. Moriría si realmente la lastimara.

Enrollo el cinturón hasta que queda menos de un palmo y luego paso delante de ella. Sus gloriosas tetas suben y bajan con cada jadeo, los iris cambian de verde a ámbar.

—Hermosa loba —murmuro y golpeo el cinturón en la parte delantera de su muslo. Ella se sacude pero sonríe.

—Otra vez.

Paso mi pulgar por su labio inferior. Ella lo mordisquea.

—Muy bonito, cariño, pero no estás a cargo. Yo soy el que da las órdenes esta noche.

Sus ojos se dilatan y sacude su hermosa cabeza. Me detengo para examinarla con una expresión exageradamente pensativa, luego golpeo el cinturón entre sus piernas. Ella chilla, su cuerpo se pone rígido contra la cruz, luego se relaja. Su vientre tiembla al exhalar.

Le doy una palmada en la parte interna del muslo, varias veces, y luego me muevo hacia el otro lado. Los leves sonidos que emite casi me matan. Me siento mareado, drogado, lo cual no es bueno.

Mantén la calma. Mantente fresco.

Quiero quitarle ese sexy catsuit y follarla contra la cruz. Y compré condones hoy. Me abalanzo sobre ella, apretando sus pechos bruscamente mientras reclamo su boca. Sheridan gime en mis labios, mordisqueando y lamiendo como si estuviera frenética por más. Retrocedo, privándola de la satisfacción que anhela.

Otra bofetada entre las piernas. El sonido del cuero golpeando el cuero es delicioso. Le doy un azote al coño una y otra vez.

—Más —gime. Parece completamente drogada. Entiendo cómo una mujer en este estado puede tener un sabor diferente para un chupasangre. Definitivamente está drogada. Pero juro por el destino, si alguno se acerca a esta loba, los mataré a todos y comenzaré la guerra para terminar con todas las guerras.

Por el rabillo del ojo, veo a Nerón merodeando y observando la escena. Muestro los dientes y gruño advirtiéndole que retroceda, pero se limita a echar la cabeza hacia atrás y se ríe.

—Trey —Sheridan maúlla. La necesidad se cuela en su voz.

—Todavía no, nena. Todavía no he terminado de azotarte por delante. Y cuando termine, tengo que darte la vuelta y calentarte el culo. Tienes suerte de que llevas ese traje porque soy demasiado posesivo para dejar que alguien te vea desnuda.

Se lame los labios, su mirada vidriosa sigue mi rostro.

—¿Y entonces?

Le sonrío con los dientes.

—Entonces, pensaré en dejar que te corras.

Gruñe y lucha contra las ataduras, parte de la sumisión disminuye. Me río y vuelvo a abofetear cada uno de sus muslos internos, luego le golpeo el coño.

—¿Quieres más de mi cinturón aquí, loba?

Ella gira la cabeza de lado a lado, con el pecho agitado.

—¡Sí! Joder, Trey.

Se me salen los ojos de las órbitas.

—¡Cielos! La dijiste.

Se inclina hacia adelante tirando de las ataduras.

—La dije. Ahora sigue.

Me río con total asombro y la recompenso con un beso duro, exigente. Tomo su monte de Venus con mi mano libre, aplico una presión firme en la cresta.

Sus respiraciones se hacen aún más cortas, más rápidas.

—Por favor, Trey.

—Todo lo que necesitabas para decirla era un poco de estimulación sexual.

Intenta morderme los labios.

—Deja de bromear. Lo necesito.

Arqueo una ceja.

—¿Necesitas qué, hermosa?

—Esto. Más. Tú —gime—. Lo necesito todo. Por favor, Trey.

Me levanto, le aflojo las ataduras de las muñecas,

luego la de los tobillos, para girarla en la cruz y presionar su cara contra la parte acolchada. Sheridan mueve las caderas como si estuviera tratando de obtener alivio frotándose contra la cruz. Es casi lo más excitante que he visto nunca.

—Chica traviesa —la regaño y la azoto en el culo. Puedo decir que le encanta porque encorva la espalda y saca el trasero para recibir más.

Aflojo un poco más el cinturón y la azoto una y otra vez, concentrándome en la mitad inferior, luego trabajando en cada muslo.

Sus gemidos se hacen más fuertes, más seguidos, como si fuera a tener un orgasmo solo con azotes. Mi polla se levanta contra los vaqueros. Se me nubla la visión y los dientes se alargan, listos para marcarla. Joder, puede que no supere esto.

Vuelvo a mirar a la sanguijuela en las sombras para recuperar la claridad mental. Me ayuda. Con una inhalación lenta en mis fosas nasales, sigo azotando constantemente a Sheridan, y cuando sus gritos alcanzan un tono desesperado, la azoto entre sus piernas.

Se ahoga con un suspiro.

Vuelvo a azotar.

Un maullido agudo.

Otro golpe en el clítoris.

Grita, sus músculos se agarrotan, un glorioso estremecimiento recorre su deliciosa silueta.

—Eso es todo, nena. —Dejo caer el cinturón y la abofeteo con la mano, solo porque necesito acercarme a ella, sentir esos músculos apretándose cuando se corre por los azotes en el coño. Le doy bofetadas y más bofetadas, ligeras y rápidas, hasta que cae en otra liberación que la deja flácida, hundiéndose en sus ataduras. En el momento en que lo noto, la libero de ellas y le envuelvo mi chaqueta de cuero alrededor de los hombros.

—Eso es, nena, estuviste preciosa. —La balanceo en mis brazos, ignorando las miradas hambrientas de las sanguijuelas que nos rodean.

No me importa una mierda las relaciones entre los vampiros y la manada, ni nuestra misión de espionaje en este momento. Solo necesito sacar a Sheridan de aquí. Llevarla a casa y acostarla.

Desnuda.

Conmigo encima.

* * *

Sheridan

Ebria de endorfinas durante todo el trayecto a casa, apenas me di cuenta de que Trey me puso en el lado del pasajero de mi coche y tomó la llave para conducir. Cuando nos bajamos, echo la cabeza hacia atrás como si estuviera en forma de loba y fuera a aullarle a la luna.

La luna, llena y exuberante, me baña con su belleza y su poder femenino amplifica el mío.

Los ojos de Trey también brillan plateados, y de repente no puedo creer que nunca me haya marcado si nuestros lobos fueron hechos el uno para el otro. ¿Cómo pudimos haberlo negado todos estos años? Me abalanzo sobre él, levantándole la camisa, y le estampo mis labios sobre los suyos.

Se tambalea hacia atrás, una risita de sorpresa resopla entre nosotros, luego me alza para sentarme a horcajadas en su cintura. Le muerdo el cuello, le lamo la oreja, froto mis senos contra su pecho. De alguna manera, una vez dentro, nos rasgamos la ropa el uno al otro. Le destrozo la camisa. Me quita el traje catsuit. Sus vaqueros y calzoncillos boxer caen al suelo.

Todavía tengo la piel caliente y hormigueando por los azotes que me dio en Toxic, el pulso entre las piernas es persistente.

Trey avanza alto, desnudo, potente. Los tatuajes se enroscan alrededor de sus antebrazos, los hombros y el pecho. Su polla se destaca, enorme y erecta.

Busco su polla. Ha pasado mucho tiempo desde que tuve relaciones sexuales, doce años, exactamente, pero mi cuerpo lo recuerda. Mi cuerpo lo sabe.

Trey atrapa mi muñeca antes de que pueda tomar su erección. Con su otra mano, me agarra del pelo con un puño y tira de mi cabeza hacia atrás.

—Cuidado, nena —retumba, llevando sus labios a mi mandíbula—. Me excitas demasiado y todo terminará antes de que comencemos.

Suelto una temblorosa risa. Trey me toma de la cintura y camina conmigo hacia la cama, donde me deja caer con él encima.

No puedo esperar. No quiero ir despacio. Tiro de él hacia mí, sobre mí, con las uñas clavadas en su espalda. Su polla se acomoda en mi entrada y balanceo las caderas tratando de ayudarle a entrar.

—Espera... espera —Trey se ahoga. Me da la espalda y saca un condón del bolsillo de sus vaqueros. Mientras espero me pellizco los pezones y muevo las piernas en la cama, lo cual le saca un gruñido claramente animal de los labios.

Rasga el papel aluminio con los dientes.

¿Me marcará?

Ni siquiera puedo pensarlo, y sin embargo, se me pone la piel de gallina mientras veo cómo se alargan sus caninos y el brillo plateado de sus ojos de lobo. En cierto modo, sé que ha llegado el momento: no se contendrá.

He puesto a prueba su autocontrol demasiadas veces.

Se enfunda la polla y me pongo de rodillas para encontrarme con él, pero me empuja hacia atrás. Me sujeta del cuello apretando el pulgar sin asfixiarme, sino mostrándome quién está al mando.

Abro las rodillas y le llevo a la cuna de mis piernas. Frota la cabeza de su polla en mi hendidura y me arqueo aspirando entrecortadamente. Estoy tan sensible en este momento, que juro por los destinos que podría volver a tener un orgasmo si solo le *habla* a mi clítoris.

Empuja en mi entrada empapada, estirándome mientras tomo la corona. Respiro hondo cuando me penetra de un solo empujón y se queda inmóvil.

—¿Estabas lista, nena? —Su preocupación casi me hace llorar. Es el mismo hombre tierno y reflexivo que era hace doce años cuando tomó mi virginidad por primera vez.

Le agarro su trasero y le presiono dentro de mí mientras me adapto a su tamaño.

—Sí, jadeo. Ha pasado un tiempo.

Es cierto.

Mis ojos se deslizan hacia un lado, pero cuando le echo un vistazo, me mira fijamente con una intensidad de la que no puedo apartar la mirada. Entonces balanceo la pelvis para moverle dentro de mí.

—Nunca ha habido otra para mí. —Su voz es áspera, profunda. Me sostiene la mirada mientras se retira un poco y vuelve a entrar.

Me quedo sin aliento ante la intensidad, tanto de sus palabras como de su embestida.

—¿Quieres decir... nunca *amaste a* nadie más? —Intento darle sentido a lo que intenta decirme. No puede hablar de sexo, ¿verdad? Ningún hombre permanece célibe durante doce años.

Su labio superior se contrae con un gruñido mientras retrocede y vuelve a entrar, robándome el aliento.

—Ni amé. Ni citas. *Solo tú.*

Es ridículo, pero incontrolablemente se me caen las lágrimas.

Porque... *Trey.*

Mi Trey.

Sigue siendo mío. Nunca dejó de ser mío.

—¿Qué pasó con...? —No quiero, pero tengo que preguntar.

Sacude rápidamente la cabeza, cambia el ritmo a embestidas cortas y duras.

—Tenía que hacerlo. Para que te marcharas. Se suponía que ibas a ir a la universidad. Hacer algo de tu vida.

Sollozo completamente ahora, y sin embargo, de alguna manera todavía permanezco completamente sincronizada con el sexo, muy necesitada de él, excitada por él.

—Nunca he estado con nadie más, tampoco. —Confieso entre sollozos. Hago coincidir el balanceo de mis caderas con sus embates, llevándole más profundo—. Solo fuiste tú para mí también.

—Joder —maldice Trey, cerrando los ojos, y las venas se le inflan en el cuello mientras me penetra más rápido, más fuerte—. Joder, Sheridan. Lo siento. Nunca quise lastimarte.

—Lamento haberte lastimado también. Fui una perra.

El tiempo se ralentiza. Se reorganiza. O bien entramos en el no-tiempo. Todo lo que reconozco es el delicioso deslizamiento de sus embates, la sensación de estar llena y vacía, al tiempo que me sostiene profundamente, venerada, honrada.

Hay magia entre nosotros. Nuestros lobos se encuentran al mismo nivel que nuestros seres humanos: perfectamente emparejados, perfectamente en sintonía.

Y entonces ruge, sacudiéndose tan fuerte que mi culo rebota en la cama con cada embate estrellándola contra la pared.

Hay un gruñido, un dolor agudo y satisfactorio.

El aroma de mi sangre se mezcla con el de su esencia. Mi excitación. El del sexo.

La marca.

El amor.

El aroma del amor.

Trey cae sobre mí y sollozo en su cuello, sollozos de felicidad gloriosos.

Me reclamó. Nunca tuvo la intención de lastimarme.

Finalmente estoy donde pertenezco. Donde pertenecemos.

Juntos.

Capítulo Diez

Sheridan

Nunca antes me había despertado con un hombre. Es delicioso. Las cálidas extremidades de Trey se acurrucan a mi alrededor y su aroma me impregna las fosas nasales. Me fundo en su abrazo y le acaricio el cuello. Entonces recuerdo que me marcó y me tocó el mío.

Las heridas ya han sanado. Paso un dedo por las áreas elevadas. Trey enreda sus dedos sobre los míos y traza las marcas con su pulgar.

—Dime que no fue un error. —La preocupación brilla en su mirada.

Siempre fue considerado. *Excesivamente considerardo*, cuando se trata de mí.

¡Hizo que le odiara solo para asegurarse de que fuera a Stanford! Vaya hombre dulce y exasperante.

Se me seca la boca cuando pienso, realmente pienso, en lo que esto significará. Mis padres reaccionarán. Uno de nosotros tendrá que mudarse cuando apenas tenemos una relación en la que apoyarnos. Sí, tal vez nos precipitamos.

¿Precipitarse es esperar durante doce años?

—No es un error —digo, sin embargo, porque no puedo creer que lo sea. No lo creo. Es imposible que los dos esperemos doce años por alguien que nos odia si no estaba destinado a ser.

Trey apoya su cabeza contra la mía.

—No cambia las cosas. Ya llevaba tu marca, en mi corazón —digo.

Trey se relaja.

—Yo también llevaba la tuya. —Se golpea el pecho y nos quedamos callados un momento; su mano me acaricia la piel desnuda, subiendo por mi cadera y volviendo a bajar.

—No puedo creer el traje que usaste anoche —dice de la nada—. O, joder, el que usaste para la pelea.

—¿Oh, sí? —Me incorporo ligeramente—. ¿Te gustan mis disfraces?

—¿Son eso? ¿Disfraces? —Sus ojos se clavan en los míos.

Parpadeo.

—Bueno, sí. Quiero decir, no es como si fuera lo que uso para trabajar.

Se me queda mirando y trago saliva. Por supuesto que Trey ve demasiado. Ve más allá de mis mentiras, directamente en mi alma. Tras un largo silencio, trago otra vez.

—Todos esos conjuntos son solo por diversión. No representan mi verdadero yo.

—¿No?

—No. —Frunzo el ceño desviando la mirada y él me pone una mano en la mejilla, guiándome para que vuelva a mirarle—. Son solo por diversión —susurro.

Aprieta los labios juntos, suelta un suspiro y luego es su turno de apartar la mirada. Justo la dirige a mi armario como si tuviera visión de rayos X y pudiera distinguir todos los disfraces raros que escondo allí.

—¿Qué? —pregunto.

—Veo las cosas de manera diferente. Los trajes formales que vistes habitualmente son la actuación de la niña de papá y creo que *esos* son los disfraces. Tal vez, las noches en que te sueltas el pelo, esa eres tú de verdad.

Me acuesto boca arriba, agarrando mi almohada. Quiero cubrirme la cara.

—No lo creo.

Trey no se ha movido. Todavía sique apoyado de costado, mirándome. Pero ahora, sus ojos se vuelven tiernos.

—Yo sí.

Me alejo levantando la almohada para amortiguar mis palabras.

—Lo que sea.

Su palma me da un azote en el glúteo izquierdo. Me doy la vuelta, gruñendo.

—¡Oye!

Se ríe y agarra mi trasero con fuerza por un momento, antes de darle un masaje vigoroso.

—No puedes esconderte de mí, nena.

—No me estoy escondiendo. —Hago un mohín.

—No de mí. Nunca de mí. —Levanta una ceja rubia—. Conozco todos tus secretos. —Bajando la cabeza, me da un beso en el hombro—. Ellos... —sus labios traspasan el punto vulnerable debajo de mi oreja— son... —me agarra el lóbulo de la oreja entre los dientes y tira— todos... —finge roer el borde exterior de la oreja. Cierro los ojos. Mis oídos son muy sensibles— míos.

Lleva la lengua adentro y la sensación se dispara directamente en mí, detonando entre mis piernas. Intento zafarme de él pero sus manos me agarran con más fuerza, sujetándome indefensa. Me retuerzo en las sábanas, cada segundo más excitada para él.

Se arrastra hacia abajo, extiende mis muslos haciéndome

rodar las rodillas hasta los hombros. Una larga lamida, y me tiene retorciéndome contra su agarre. Temblando por más.

—Trey —le digo.

—Sabes tan bien, nena. —Chasquea los labios y se zambulle por más, lamiéndome, girando la lengua entre los labios, alrededor del clítoris.

Gimo, me meneo y aprieto las rodillas en sus manos, pero él continúa su tortura, moviendo la lengua sobre el clítoris, luego succionando sobre él para chupar. Justo cuando estoy a punto de llegar al orgasmo, se detiene.

—Date la vuelta.

Tengo en la punta de mis labios exigirle el por qué, o echarle la bronca, pero cuando recuerdo cuánto amé su dominio anoche, hago lo que me pide. Al instante me transformo en un manojo de expectación ligeramente risueño y tembloroso. Oigo el rasguño de un condón y Trey se monta sobre mí separándome las piernas.

—Tengo doce años que recuperar —gruñe Trey, como si fuera a ser un castigo, y me empala. Todavía es demasiado grande, pero soy una cambiante, así que no me duele y me encanta la posición. El bajo vientre de Trey empuja contra mi culo, la cabeza de su polla golpea un punto dentro de mí que me provoca gemidos.

Enredo los dedos en las sábanas, me agarro con fuerza para aguantar mientras él acelera el ritmo, sumergiéndose cada vez más profundo.

—Trey... cielos... Trey —gimoteo.

Maldice y acelera, golpeándome el culo con su bajo vientre, follándome cada vez más fuerte. A pesar de que me sujeto a las sábanas, me impulsa a la parte superior de la cama, donde apoyo los brazos contra la cabecera.

—Oh, eso es, qué caliente, nena. —Trey se retira y me

levanta las caderas, me coloca las rodillas contra el pecho presionado a la cama. Entra en mí en esta posición y al instante gimo totalmente lista para alcanzar el clímax.

Aparentemente, también es buena para él, porque me clava los dedos en las caderas y las respiraciones se convierten en gruñidos.

—Sheridan, ¡joder! —Se acerca y me asalta el clítoris, entonces me libero en un grito. Trey ruge aplastándome en la cama, descargándose con embates salvajes y pulsantes. Me besa el cuello meciéndose contra mi culo lentamente, con ternura.

—¿Cómo podría haberte olvidado? —murmura.

Se me estruja el corazón. No le he perdonado completamente por aquello, aunque lo entiendo. Se levanta para deshacerse del condón y me doy la vuelta. El estómago me gruñe ruidosamente, apoyo una mano encima y suelto una risita.

—Tengo que alimentar a mi nena. —dice Trey, plantándome un tierno beso en los labios.

—Me encanta un hombre que cocine. —Cuando se aleja a grandes zancadas, el juego de los músculos de su espalda me hipnotiza.

Entonces me doy cuenta. No tengo que esconderme de Trey. Le gusto tal cual soy. Me levanto de la cama y me pongo un par de bragas.

¿Así que le gustan mis atuendos salvajes? También podría bendecirle con otro.

Me paro frente al armario, diseñando un nuevo conjunto que voy a llamar "Sheridan por delante, zorra por atrás", cuando un extraño pitido me aleja de intentar averiguar qué cárdigan usar sobre pantalones cortos desflecados y un top. Busco debajo de las mantas y encuentro el móvil que suena, el de Trey, justo cuando se pavonea de nuevo y vuelve.

—La comida está lista.

—Genial. —Le entrego el teléfono que justo deja de sonar para comenzar a hacerlo otra vez—. Algo es importante. —Tan temprano, uno pensaría que dejarían un mensaje de voz.

Trey frunce el ceño ante la pantalla.

—Es Grizz. Espera. —La luz que desafía las persianas le ilumina el rostro cuando atiende la llamada. Me acurruco alrededor de una almohada tratando de no escuchar.

—Sí. —Sus hombros se ponen rígidos, cada línea de su cuerpo se pone en alerta, atormentada. Se da la vuelta como si me protegiera de quien sea que esté al otro lado de la línea —. No. Entendido.

—¿Qué pasa? —Le extiendo una mano y se estremece. Está lo bastante cerca como para tocarle, pero tan lejos.

—Tengo que irme —dice Trey—. Hay un cadáver en el club de lucha.

Todo el oxígeno desaparece de la habitación.

—¿Un cambiante?

—No. —Los ojos azules de Trey se tornan sombríos—. Un humano.

* * *

Cuando llegamos al club, Grizz está de guardia con su rostro lleno de cicatrices imperturbable. Es una gárgola de tamaño natural hasta que nos acercamos y se mueve para interceptarnos.

—Jefe.

—¿Dónde está el cuerpo? —Trey pregunta sombríamente.

Grizz nos lleva a la puerta trasera. El cuerpo es un montículo flácido medio apoyado contra la puerta, con cabello rojo terso que se derrama sobre la cara. Me muerdo el puño para sofocar un grito. ¿Podría ser la pelirroja del club? ¿Hizo una escena con un vampiro y desapareció, víctima de la sed de sangre de Nerón? ¿La azotó frenéticamente y la arrastró a una alcoba para dejarla seca porque estaba cabreado conmigo?

¿Yo causé esto?

Entonces Trey se agacha y aparta el cabello a un lado. No es una mujer, sino un hombre joven pelirrojo. Eso no ayuda tampoco. Podría haber sido ella.

Cierro los ojos respirando profundamente para estabilizarme. La nariz se me impregna con el olor de los muertos. Debajo del olor a cadáver, hay una colonia sutil que no cubre del todo el aroma frío de un vampiro.

—Hay marcas de colmillos en el cuello —confirma Trey, quien parece diez años mayor mientras manipula el cadáver con sus grandes manos llenas de callos extremadamente cuidadosas—. Ya está rígido. El rigor mortis se está instalando.

—Deben de haber esperado hasta el amanecer para dejarlo aquí —dice Grizz—. Eché a todos alrededor de las dos y media. Me fui una hora más tarde, pensando que terminaría de limpiar esta mañana. Si monitorearon este lugar, saben que me levanto temprano y vuelvo aquí antes de las ocho, incluso después de las noches de pelea. Tenían dos, tal vez tres horas de margen.

—¿Hay cámaras? —pregunto, el miedo y la bilis me siguen obstruyendo la garganta.

—No. —Ambos sacuden la cabeza.

—No las necesitamos —murmura Grizz—. Sabemos quién hizo esto. Los *vampiros*.

155

—Necesitamos saber cuál —protesto—. Frangelico parecía pensar que su nido sabía comer sin matar. Es posible que no haya autorizado esto.

Grizz niega con la cabeza.

—El único vampiro bueno es uno muerto —gruñe, antes de darme la espalda.

Me sobresalto cuando una moto ruge en el aparcamiento del club esparciendo gravilla. Jared desmonta y camina hacia nosotros, y cuanto más se acerca, más sombría se vuelve su expresión. Se agacha frente al cuerpo levantando la nariz al aire. Un olfateo es todo lo que necesita.

—Joder —exclama, alejándose mientras se pasa una mano por el cabello.

Las grandes manos de Trey me acercan a él. Me inclino hacia él temblando, aunque no hace frío.

—¿Estás bien? —murmura.

—Estaré bien —respondo, mientras Jared retrocede.

—Esto es una mierda —ladra—. Jodidos vampiros, jugando. Sabía que no deberíamos haber confiado en ellos.

—No sabemos si fue Frangelico —advierto.

—Por supuesto que fue él —Jared explota—. Nos engatusó para aceptar un acuerdo y nos tira esta mierda para demostrar lo todopoderoso que es.

Quiero argumentar que podría ser un vampiro pícaro que actuó contra Frangelico, pero me muerdo el labio. Ahora no es el momento.

Un gruñido retumba en el pecho de Trey y le pongo una mano sobre el corazón, frente a Jared.

—No importa quién lo hizo. Tenemos que actuar. La policía hará preguntas si encuentra el cadáver —afirma Trey.

—Tenemos que sacarlo de acá —dice Jared.

—Puedo hacerlo —dice Grizz—. Tengo mi camioneta.

—Te ayudaré —Trey me aprieta antes de separarse.

—Espera. ¿Escuchas eso? —Jared pregunta. Todos aguzamos el oído. Trey comienza a proferir palabrotas y no se detiene a medida que las penetrantes sirenas suenan cada vez más cerca.

* * *

Trey

Me paro en medio del aparcamiento del club de lucha con las manos sueltas y abiertas a los lados. Es mejor no cerrar los puños ni parecer enfadado con tanta policía alrededor. Mantenerse relajado es un verdadero esfuerzo.

Detrás de mí, los oficiales interrogan a Grizz y Jared porque ya nos indagaron a Sheridan y a mí. Llamé a Garrett para que acudiera con su compañera Amber, una abogada, en caso de que encontraran una razón para detenernos. De todos nosotros, de quien más sospechan es de Grizz, pues le lanzan miradas sombrías mientras murmuran. El oso es el sospechoso más probable: es de otro estado, encontró el cadáver y tiene antecedentes.

Alguien nos ha tendido una trampa y llamó por teléfono a las 8:02, justo cuando Sheridan y yo llegamos aquí. No hubo tiempo para mover el cuerpo y apenas pude meter las bolsas de basura en el contenedor de basura antes de que los patrulleros llenaran el aparcamiento con las sirenas. No tuvimos tiempo de movernos ni de correr, ni siquiera de pensar en una historia.

Sheridan viene detrás de mí, sé que es ella por el aroma a vainilla y naranja en la brisa.

—Llamé a mi papá. —Se pone los brazos alrededor de sí

misma—. Él y el alfa Green van a mover los hilos para intentar encontrar una explicación a las marcas de mordeduras en el cadáver.

Doy un leve asentimiento. Odio pedir favores pero la manada de Phoenix tiene más influencia con los funcionarios humanos de la que yo tendría.

—También deberíamos hacérselo saber a Frangelico —digo frotándome la nuca. Estoy pensando en tener esa pequeña conversación.

—Sí, y Garrett debería estar aquí pronto. Viene con Amber. —Sheridan tiene la piel de gallina en los brazos. Tiembla bajo la chaqueta que le di. Quiero acercarla a mis brazos pero no creo que me lo permita. Al menos está envuelta en algo mío.

Ambos vemos a la policía pegar la cinta amarilla sobre la puerta del club.

—Eso es todo entonces. —Hay más amargura en mi tono de la que quiero mostrar—. Supongo que obtuviste lo que viniste a buscar.

Los ojos de Sheridan se abren de par en par.

—¿Qué?

—El club de lucha está oficialmente clausurado hasta una mayor investigación. Eso es lo que querías, ¿verdad? Tú y la manada de Phoenix.

Es un golpe bajo, uno que definitivamente no debería darle después de haberla marcado como mi compañera. Nuestros lobos han aceptado el reclamo pero las heridas de nuestros humanos... no se han curado totalmente. Todavía tenemos mucho que resolver.

—Eso no es justo —replica Sheridan con frialdad en su tono—. ¿Crees que quería esto?

Joder.

—No —suspiro agotado, enfadado, pero no debo desquitarme con ella—. Creo que fue solo un momento de mierda.

—No quería un cadáver. Quería evitar que eso sucediera. —Se muerde el labio mirando la escena del crimen.

—Sí. —Me desanimo. Aunque los oficiales se llevaron el cuerpo, en mi mente siempre veré a la víctima acurrucada en la puerta del lugar por el que trabajé tan duro para construir.

—¡Ey! —grita Garrett cruzando el aparcamiento con Amber a su lado. Se detiene frente a nosotros acariciando brevemente a Amber mientras ella señala a Grizz y murmura algo. Garrett asiente y ella sale corriendo, dirigiéndose directamente al oso pardo de pie, una cabeza más alto que los enfadados oficiales a su alrededor. Amber se abre paso a codazos y su voz se eleva con "mi cliente" esto y la "jurisdicción" aquella.

—Gracias por venir —digo estrechando la mano de mi alfa y acepto su palmada en la espalda.

—Por supuesto. Superaremos esto.

Sheridan se cierne justo fuera del alcance de mi mano.

—¿Mi papá lo sabe? —Garrett me pregunta.

—Sí. Sheridan lo llamó. —Ambos nos estremecemos.

—Está bien —suspira—. Será mejor que le informe. Ánimo. Lo superaremos.

—Sí —murmuro. Si se corriera la voz sobre las marcas en el cuello de la víctima, todos los paranormales podríamos quedar expuestos. Eso sería una tormenta de mierda como no creeríamos.

Maldición. ¿Cómo se fue todo al demonio tan rápido?

—Oye —murmura Sheridan a mi lado. Incluso con los pocos minutos que tuvimos para vestirnos y correr hasta aquí, se ve guapa y perfecta, ni un pelo fuera de lugar. Definitivamente no pertenece a este aparcamiento de mala muerte, el sitio de una escena de un crimen.

Yo le hice esto. La traje aquí e hice esto parte de su vida. La marqué, atándola para siempre a mí, y la arrastré a esta sordidez como lo hice antes. Pronto se despertará y se dará cuenta de que se hartó de los marginales. Solo es cuestión de tiempo.

—¿Estás bien? —Me busca el rostro.

—Sí. —No puedo soportar mirarla más.

—Bueno —vacila, luego coloca una mano sobre mi bíceps. A su ligero roce, mi polla responde poniéndose dura —. Supongo que será mejor que me vaya.

Quiero arrastrarla a mis brazos. Disculparme por ser un idiota. Pero es como en el instituto otra vez: su padre remarcará que soy una mala influencia para ella. Ahora peor, pues la he marcado y tenemos toda esta maldita situación que resolver. No sé cómo lo superaremos.

Suspiro.

—Sí, mejor.

Sheridan exhala como si no esperara que estuviera de acuerdo con ella. Le sujeto la cara y le acaricio la mejilla.

—No deberías tener que ver nada de esta fealdad.

Su expresión se suaviza.

—Ya soy mayorcita —murmura y me aprieta el brazo, pero no la miro ni veo cómo se marcha lentamente.

Todo mi mundo se derrumba, y una vez más, ella está aquí para presenciarlo. Si alguna vez hubo una razón por la que no debemos estar juntos, es esta.

Capítulo Once

Sheridan

El coche negro otra vez cruza lentamente más allá de mi casa mientras miro a través de las persianas. Sé que es Nerón. El estúpido vampiro tiene deseos suicidas.

Va a descubrir que no soy una víctima.

Mi teléfono suena con un número desconocido de Tucson. ¿Podría ser Trey? Lo he llamado varias veces hoy, pero solo me ha enviado mensajes cortos diciendo que está ocupado y me llamará más tarde.

—¿Hola? —respondo sin aliento.

—Sheridan.

Mis hombros se desploman.

—Papá. Espera. —Aparto el teléfono para mirar la pantalla nuevamente—. ¿Qué haces con un número de Tucson?

—Estoy en la ciudad, por negocios. Limpiando el desastre que han hecho los lobos de Garrett.

—Oye —los defiendo—. Eso no tiene nada que ver con el

negocio de la manada. Son los vampiros jugando con ellos. No culpes a Garrett ni a su manada. No se lo merecen.

—Eso dices tú —resopla mi papá—. Pero todos quedamos involucrados ahora. De hecho, te llamo porque he oído rumores perturbadores de tu comportamiento.

—¿Mi comportamiento? —Me acaloro, después me tranquilizo. *Detente, Sheridan.* Soy adulta. No debería preocuparme por disgustar a mi papá.

—Sí, Sheridan. Rumores de que has estado saliendo con el chico Robson.

—No es un chico, papá. Es un hombre. —Un hombre grande—. Y soy una loba adulta. Puedo elegir a quien quiera.

—No si quieres parecer responsable a los ojos de la manada.

—¿Qué importa cómo me veo? Soy responsable. Además, no es asunto de nadie.

—Es asunto mío. —Mi padre pone su voz severa de *escucha cuando te hablo*—. Soy tu padre.

—Sí, pero no me dirás con quién debo aparearme.

Él suspira.

—¿Es tan serio entonces?

—Tal vez. —Trey no me ha devuelto las llamadas en todo el día, pero mi papá no necesita saberlo—. Pensé que querías ser abuelo.

—Con un buen lobo de una manada respetable. Él es un... un ...

—¿Hijo de una trabajadora de la fábrica?

Mi padre gruñe en lugar de responder:

—¿Propietario de un club de lucha de cambiantes? —añado con ira que hierve a fuego lento. Ya era hora de que mi padre apelara a su obsesión con la jerarquía de manadas—. ¿O es el hecho de que tenga tatuajes y una moto lo que te molesta? Porque sabes quién tenía tatuajes y montaba en moto? Tu propio hijo, ese era quién. —Muerdo mis palabras antes de decir algo de que lo que no pueda retractarme. No es culpa de mis padres que mi hermano tuviera una desgracia, que muriera en su moto haciendo lo que amaba.

—Lo sé —gruñe mi padre—. No es ninguna de esas cosas. Ese chico Robson no es lo bastante bueno para ti.

—Tal vez no. —Me desplomo sobre mi escritorio repentinamente cansada. ¿Por qué defiendo a alguien que me marcó, pero que todavía no me ha perdonado?—. Es dueño de un negocio y miembro leal de la manada, que se jugó el cuello para seguir su sueño. ¿No vale algo? Mejor que yo, que fui a la universidad y ocupo un puesto porque mi padre movió los hilos para que lo consiga. No importa qué títulos tenga, ser tu hija me dio trabajo y mis ascensos. Trabajo duro, pero si no fuera una de los Green, tendría que trabajar el doble para ascender. —Que es lo que ha hecho Trey—. Tal vez debería dejar la fábrica de cerveza y conseguir un puesto de principiante en otra compañía. Podría tener que trabajar en la fábrica, pero al menos sabría que me lo gané.

—No vas a tirar tu educación por la borda —espeta mi papá.

Me muevo en el escritorio y dejo que el silencio hable por mí.

Después de un minuto, mi papá suspira.

—Cariño, sabes que te amo. Quiero lo mejor para ti.

—Lo sé. —Me doy cuenta de que estoy jugando con el calendario de citas sabias. No he arrancado los días en más de una semana. En su lugar, lo tiro—. Mira, déjame hacer mi tarea. Estoy haciendo lo mejor que puedo. ¿Confías en mí?

Cuando finalmente termino la llamada con mi padre, le envío un mensaje de texto a Trey:

Yo: *¿Vienes esta noche?*

Espero un minuto mirando el teléfono pero no responde.

Me duele la mordedura en el hombro y la froto ligeramente. "Relájate, solo ha pasado un minuto. Trey no está enfadado contigo. Simplemente no ha tenido la oportunidad de mirar el teléfono".

Mordiéndome el labio, miro por la ventana. El coche negro se ha ido, lo cual me recuerda que alguien debería ir a Toxic y contarle formalmente a Frangelico lo sucedido hoy. Incluso si sus espías le reportaron todos los detalles, la manada debería hacer contacto y como ya he visitado Toxic, debería ser yo. Garrett probablemente esté hasta el cuello lidiando con su padre. Le envío a mi primo un mensaje de texto.

Para cuando he elegido un atuendo —una práctica falda negra y un top que podría llevar a la ONU o a su equivalente paranormal—, Garrett me responde dándome luz verde: *Suena bien. Busca respaldo.*

Claro. Respaldo. Llamaré a Trey. No es que haya algo complicado entre él y yo.

Mi marca de apareamiento palpita cuando suena el teléfono y me manda al correo de voz. ¿Mensaje de voz? ¿De verdad?

—Oye, soy yo —empiezo tentativamente antes de ponerme en modo profesional—, me dirijo a una reunión con Frangelico. ¿Nos vemos allí? Garrett dice que necesito respaldo.

Listo. Agradable y profesional. No hay necesidad de emocionarse. No es como si me estuviera evitando.

Paso bastante tiempo arreglándome el cabello. A punto de comenzar a maquillarme, un sonido de notificación en el teléfono me tiene buscándolo a tientas para ver quién es. "¿En serio, Sheridan? ¿Tan desesperada?", me regaño. Pero es un correo electrónico de Garrett para la manada, informándonos de una reunión. Me ha puesto en copia. Me encanta que me incluya. Se lo envío a mi papá y le hago saber que asistiré para representar a la manada de Phoenix. Asunto concluido.

Trey todavía no me ha contestado el mensaje. ¿Debo dejarle otro? ¿O darle unos minutos más para responder? Me desplazo por los mensajes de texto del día, los míos muestran cada vez más preocupación, él es más conciso hasta que finalmente ya no responde.

Es entonces cuando me doy cuenta. Me la han jugado. Trey me la ha jugado. Puedo escucharle ahora, "estoy pasando por muchas cosas, nena. Tenemos que tomarlo con calma. No estoy listo para sentar cabeza". ¿En qué estaba pensando? ¿Acostarme con un tipo cuya idea de negocio es vender cerveza al margen de peleas ilegales en un almacén deteriorado? Soy más inteligente que esto. Tengo mi maldito MBA.

Suelto el teléfono de golpe y cojo la varita de rímel, abro mucho los ojos y la deslizo agresivamente. ¿Trey cree que puede dormir conmigo y luego desaparecer? Quiero decir, está bien, no es como si me hubiera marcado... Espera. Oh, sí. Lo hizo. Me marcó. Me marcó como si fuera su compañera. Me marcó como si fuera su compañera y menos de cuatro horas después ni siquiera me contesta una maldita llamada telefónica cuando le necesito.

"Vale, cálmate". Parpadeo en el espejo y las pestañas se pegotean. Demasiado rímel. Nunca me aplique rímel estando enfadada. Demasiadas capas hacen que las pestañas parezcan un erizo de mar.

Estoy siendo irracional. Lo sé. Pero ha sido un día emotivo. No me gusta cuando un chico promete estar conmigo para siempre, me deja una cicatriz permanente en la piel y luego desaparece. También es cierto que ve amenazado su nuevo negocio y todo su sustento. Es duro. Pero si realmente fuera su pareja, ¿no querría estar conmigo?

Me lavo la cara. No tengo tiempo para esto. Tengo una reunión con Frangelico.

Espero que al vampiro le guste mucha sombra de ojos y rímel porque esta noche parezco de una banda metalera. Cambio mi sofisticada falda por una más corta y mis zapatos sensatos por unos Doc Martens. En el último minuto me pongo la chaqueta de cuero de Trey porque, aunque estoy lista para atropellarlo con mi Mercedes, todavía quiero envolverme en su aroma. Estúpido instinto de apareamiento.

Dejo otro mensaje mientras acelero hacia Toxic, con Alanis Morissette sonando en el estéreo a todo volumen.

Sé que eres demasiado genial para contestar tu teléfono, pero quienes nos comportamos como adultos vamos al club Toxic para ver el enlace con los vampiros, así que si tienes un minuto para aparecer y hacer nuestro maldito trabajo, agradecería el respaldo. Gracias.

Lo dije. Eso no fue pasivo agresivo en absoluto. Y pude usar una de las palabras del calendario de vocabulario, "enlace".

En el momento en que entro en la mazmorra secreta de BDSM bajo el club de vampiros Toxic esta noche, sé que he cometido un error. Hay sanguijuelas por todas partes vestidas con trajes oscuros y colmillos en exhibición. Rezuman encadenando a sus víctimas a las paredes, atándolas a las mesas, estirándolas en bastidores. Las humanas suspiran, gimen y se desploman en el subespacio. Quiero sacudirlas, gritarles que corran. Sacar a todas las humanas y prender fuego el lugar. "El amor no es real, y si lo fuera, ¡no lo encontrarás con vampiros malditos! Sí, los vampiros son reales y estáis a punto de dejar que uno te chupe la sangre. Déjame clavarles una estaca y podrás verles arder".

Este sombrío pensamiento me da ánimos mientras recorro las escenas para encontrar al rey.

Finalmente le encuentro encaramado en un pesado trono de madera en medio de la sala, con vistas a un par de sumisas temblorosas extendidas en cruces. Un hombre corpulento, con un collar negro y arnés de cuero, sostiene una vara violeta y se ocupa de ellas.

Hay un trono de verdad. Por supuesto. Pongo los ojos en blanco y me acerco a él, plantándome delante.

—Tenemos que hablar. —Puede que haya agotado los últimos vestigios de tacto intentando comunicarme con Trey.

El rey levanta una ceja, pero hace una señal a su sirviente, quien baja la vara.

—¿Aquí? ¿O pasamos a mi despacho?

Quiero privacidad, pero realmente no deseo acabar a solas con un vampiro detrás de una puerta cerrada. Lucius debe de ver la vacilación en mi rostro porque se levanta y da una palmada en el aire.

—Vamos.

Para mi sorpresa, baja de la plataforma elevada y cae a mi lado. No me ofrece su brazo, gracias al destino, y no parece importarle que mantenga distancia, además de que haya retrocedido un poco para no perderle de vista. Estamos casi de vuelta en la parte delantera de la sala, donde han movido parte del equipo para hacer espacio para un sofá, dos sillones y un par de pequeñas mesas auxiliares, cuando me doy cuenta de que voy detrás de él como una sumisa.

Vale. No es que realmente sea sumisa con él. Si cree que voy a obedecerle, deberá pensárselo mejor.

—¿Cuál es la noticia? —Frangelico pregunta después de

sentarnos y rechazo su oferta de una bebida. Estoy un poco orgullosa de no haberme estremecido. ¿Qué quieren los vampiros que beban sus invitados? ¿Un Bloody Mary?

Acomodándome en el sillón, le cuento el asunto del cadáver encontrado en el club de lucha y la investigación humana: todo el negocio convulsionado.

Para su crédito, Frangelico escucha toda la historia sin interrumpir. Tampoco cambia de expresión. Apuesto a que sabe lo del cadáver, pues sus espías andan por todas partes, pero me sigue el juego. O tal vez esté realmente interesado en cómo reacciona la manada de lobos a todo el lío. Además del ángulo humano: los vampiros son poderosos, pero no se reproducen rápidamente. Es por eso que los humanos realmente representan una amenaza para todos los paranormales. A la larga, tanto los vampiros como los cambiantes seremos superados en número.

Cuando termino, me muerdo la lengua durante unos instantes de incómodo silencio mientras él parece reflexionar.

—Entonces, ¿por qué acudes a mí? ¿Quieres que detenga la investigación?

—No, no —me apresuro a decir—. Nosotros nos encargaremos de eso. Mi alfa, el alfa Green, ya está en ello. —No quiero que los vampiros intercedan con las fuerzas del orden—. Solo quiero que cesen los cadáveres, estas víctimas con marcas de colmillos. ¿Podría ser uno de tu gente, eh, yendo demasiado lejos cuando bebe?

—Mi gente está muy bien entrenada. Algunos se irritan por mis restricciones, pero no se atreverían a romper mis reglas. —La voz del rey se vuelve aterradora—. Si lo han hecho, no les gustarán las consecuencias.

—Bien. —Espero hasta que mi estómago vuelva a su posición normal antes de continuar—. No estoy acusando a nadie. Pero si no es uno de tu nido, hay un vampiro pícaro. No me imagino que eso te ponga contento.

—No —Lucius prácticamente sisea—. No me alegraría.

—Hola, loba.

Levanto el cuello y Nerón me sonríe.

—Oh, hola.

El teniente se desliza alrededor de mi sillón para darle a su rey una ligera reverencia. Frangelico le agradece levantando ligeramente el dedo índice. Su rostro parece más impasible. ¿Está contento con esta interrupción?

—Nuestra invitada me dice que han encontrado un cadáver con nuestras marcas en el club de lucha de cambiantes. ¿Sabes algo al respecto?

—Por supuesto. —Nerón se inclina de nuevo—. Recibí informes antes y estoy monitoreando la situación. Cuando tengamos más información, podremos encontrar al que infringió las leyes.

—Si fuera uno de los míos, lo habría hecho a propósito —dice Lucius con perfecta calma, pero todo el vello de mi cuerpo se eriza—. Una burla deliberada a la paz que he establecido entre mi gente y los lobos.

Nerón hace una reverencia. Cuando el rey está molesto, tal vez sea mejor contener la lengua. Cruzo las manos en mi regazo y sigo observando a los vampiros mientras evito el contacto visual. Nerón viste su traje habitual con botas de vaquero, aunque se ha quitado su chaqueta. Tiene arremangada la camisa como si acabara de salir de una escena. Estaría bueno, si no fuera una sanguijuela.

—Tal vez podamos encontrar una manera de fortalecer la tregua —ofrece Nerón. No puedo creer que hable con su rey que hierve de furia. Gira hacia mí, grácil como una puerta en una bisagra bien engrasada, y me ofrece una reverencia superficial. No es que la cortesía funcione conmigo

—. Has demostrado una gran voluntad para ocuparte de nuestro nido. Me encantaría que me acompañaras a un evento que nuestro club patrocina en el centro de la ciudad.

—¿Qué? —pregunto secamente, fingiendo despreocupación al recibir una invitación de un vampiro—. ¿Como una campaña de donación de sangre?

Tanto Lucius como Nerón se ríen horriblemente.

—Tu sentido del humor es exquisito. —Nerón hace un espectáculo de limpiarse los ojos con un pañuelo de encaje —. No es una campaña de donación de sangre. Un concierto nocturno gratuito a cargo de uno de nuestros más talentosos... ah... protegidos.

Parpadeo, no sé si me perturba más que me haya ofrecido una invitación o que Toxic patrocine un concierto para humanos, o que tengan protegidos. El evento parece una trampa para víctimas desprevenidas.

—Sería un honor si me acompañaras —continúa Nerón.

Ladeo la cabeza, tratando de darle sentido.

—¿Qué, como una cita? —Mi cerebro todavía intenta ponerse al día.

—Si quieres.

—No soy una de tus víctimas —gruño. ¿Qué piensa, que puede invitarme a cenar y a beber y luego convencerme de que regrese para una escena donde pueda hincarme los colmillos?

—Por supuesto que no. —Su sonrisa dice lo contrario—. Sería un simple experimento. Podemos demostrar que vampiros y lobos pueden disfrutar de la compañía del otro. Seríamos vistos juntos como iguales.

Aprieto los labios, intentando entender su punto de vista. Nerón está obsesionado conmigo. ¿Cómo se lo tomará la manada si salgo con él? ¿Lo verán como una jugada por la paz o como una señal de que estoy esclavizada? ¿Cómo lo verán Garrett y su manada?

Más importante aún, ¿cómo lo verá Trey?

—Deja que aclare esto. Me invitaste a un concierto. Tú y yo salíamos juntos para ser vistos. ¿Y luego qué?

—Veríamos adónde conducen las cosas. —Nerón esboza un gesto elocuente con sus manos.

Sacudo la cabeza. Me estoy mareando un poco.

—Suena como una cita.

—Puede ser una cita —me hipnotiza la voz de Nerón—. Si quieres que lo sea.

Estoy a punto de responder cuando una sombra cae entre nosotros.

—Joder, no. —Un tipo enorme se abalanza sobre nosotros desde la dirección de las escaleras. Su aroma se me impregna un segundo antes de que se ponga bajo la luz, con cada ángulo de su rostro tenso y lívido.

—Trey —jadeo mientras se inserta entre el vampiro de camisa arremangada y yo. Ambos son altos, pero Trey es más grande, más corpulento y está más furioso que un lobo que perdió a su presa.

La esencia de Trey pulula en mis sentidos y me despeja la cabeza.

—¿Qué coño crees que haces, sanguijuela? —Trey gruñe.

—Entablo una conversación educada con una dama. ¿Qué te importa, perro?

—No va a ir a ninguna parte contigo. Es mía.

Me toco el lugar en el cuello donde me marcó y siento calor que se extiende en mí. Un sentido de rectitud. Mi cabeza se aclara aún más.

Los dos se miran. Más allá, Frangelico no se ha movido. Parece casi divertido. Nerón luce engreído.

—Mi invitación no fue para ti, sino para la dama.

—Eso es todo —gruñe Trey—. Te desafío a un combate.

—Trey, ¿qué haces? —susurro. Al ver a Trey, grande, audaz y presente, toda mi rabia anterior desaparece. Las emociones pueden ser una locura.

—¿Tú, desafiando a un vampiro? —La risa de Nerón podría cuajar la leche—. Qué divertido.

—En una hora —grita Trey—. En el arroyo seco.

—¿Qué? —jadeo—. No. Esto es estúpido...

—Hecho —espeta Nerón. Desaparece y reaparece detrás del asiento de su rey.

—No permito que mis hijos peleen —dice Frangelico. Su rostro es más inexpresivo de lo habitual. Tal vez tampoco esté contento con estas payasadas—. Pero él puede patrocinar un sustituto.

—No lucharé contra una de tus pobres víctimas —afirma Trey.

—Oh, no te preocupes, lobo —se ríe Nerón—. Mi segundo será un cambiante. Un luchador que es tu igual. O mejor.

* * *

Trey

Sé que es estúpido, pero desafiar a ese vampiro y que rechace la pelea escudándose detrás de su rey se sintió bien. Tiene tendencias suicidas. Desde que se acercó a Sheridan en el club, me he estado muriendo por clavarle una estaca.

Cielos, ella casi cae bajo su hechizo. Tenía que hacer algo antes de que Nerón hincara los colmillos donde no debe. Sheridan y yo podemos estar en desacuerdo, pero es mía.

—No fuiste invitado aquí —me silba Nerón.

Cruzo los brazos sobre mi pecho.

—Pertenezco a Sheridan. A donde ella va, yo voy. Está bajo mi protección.

—Podrías haberme engañado, perro.

Le gruño, y Sheridan me agarra del brazo.

—Trey, no. No vale la pena.

La aparto, listo para ir tras Nerón. La sanguijuela no será tan engreída cuando tenga mis dientes en su garganta. Claro, puede aparecer y desaparecer a voluntad, pero eventualmente ese pequeño truco lo cansará, y cuando lo haga, estaré preparado.

—Trey, por favor —Sheridan me toca la espalda. Su voz se quiebra un poco—. Sácame de aquí. Quiero irme.

Joder. No puedo negarme.

—Esto no ha terminado. —Señalo a Nerón, que solo se ríe. Frangelico vuelve su cara ultra inexpresiva hacia su teniente y dice algo antes de desaparecer.

—Joder, eso es espeluznante —le digo al aire vacío donde el rey estaba parado segundos antes—. Vamos, Sheridan. —Pongo un brazo alrededor de sus hombros y ella se desploma aliviada. Subimos todo el camino por las escaleras, salimos del club y vamos hasta su coche. Se da vuelta y se apoya contra la puerta.

—¿Estás bien? —le pregunto, colocando mis manos en sus caderas.

—Sí. ¿Tú?

—Sí.

—Gracias al destino. —Me toca la mejilla como si estuviera buscando daños, luego me abofetea.

—¿Qué diablos? —Me trago la risa porque puedo decir

que está realmente enfadada. Además, es muy lindo cuando se preocupa por mí.

—¿En qué estabas pensando? ¿Me dejas todo el día sin contestar mis llamadas? ¿Entonces irrumpes en mi reunión y desafías a un vampiro? ¿Estás loco?

Aprieto los dientes porque quería devolverle todos esos mensajes de texto y llamadas, especialmente la que me preguntaba si pasaría la noche con ella. Pero no pude. No soy el indicado para Sheridan. Se dará cuenta si se aleja de mí.

—Te estoy protegiendo, nena.

—Puedo protegerme. —Ella da un pisotón ruidoso—. Es por eso que mi manada me envió. ¿Recuerdas?

La diversión se desvanece reemplazada por la misma sensación de malestar que he tenido desde la llamada sobre el cadáver.

—Oh, no he olvidado de qué lado estás.

—No se trata de políticas de manada. Estoy de tu lado, Trey, tratando de evitar que las sanguijuelas nos asesinen a todos. Por supuesto, es un poco difícil cuando te ofreces como voluntario.

—Puso sus manos encima de ti. No podía permitirlo. —Me guardo las palabras *Tú me perteneces*. Su mirada se entrecierra como si las escuchara.

—Lo tenía bajo control. Lucius no permitirá que me haga daño.

Rechino los dientes al escuchar llamarle por su nombre.

—Confías mucho en el vampiro.

—Él y yo éramos los únicos cuerdos allí. —Sheridan sacude la cabeza con los ojos chispeantes. Maldita sea, está buena cuando se enfada—. ¿Cómo sabías que estaba ahí, de todos modos?

—Rastreé tu teléfono.

Se queda con la boca abierta y me encojo de hombros.

—También puedes aprender algunas cosas cuando no vas a la universidad.

—No cuestiono tu inteligencia —protesta—. Al menos, no lo hice hasta que irrumpiste en Toxic y desafiaste a una sanguijuela a una pelea. ¿En qué pensabas?

Con mi lobo, todavía alterado y posesivo, no puedo evitar espetarle:

—¿Dices que no puedo pelear?

Sheridan suspira.

—No, Trey. Esto no es un tema de egos masculinos. Nerón es peligroso.

Me encojo de hombros. Si Nerón apareciera, tendré ajo y una estaca lista.

—No puedo creer esto. —Sheridan levanta las manos—. ¡Él podría matarte!

—Pensé que dijiste que Lucius no le dejaría.

Sheridan gruñe.

—Cariño, lo tengo bajo control. —En realidad no, pero imaginar formas de lastimar al vampiro satisfará parte de la sed de sangre de mi lobo—. Es bueno que te importe.

—Lo que sea. La pelea no va a suceder. No hay un cambiante que acepte luchar en lugar de un vampiro.

—Ya veremos. Me tengo que ir. No voy a llegar tarde a mi propio desafío.

—¡Trey, es una estupidez!

—Es mi honor y está por encima de ti. —Monto mi moto y la enfrento. Todo lo que ve en mi expresión la hace estremecerse—. No es una estupidez para mí.

Capítulo Doce

Doce años atrás

T*rey*

Romper con Sheridan y herirla me dan ganas de vomitar. Al día siguiente, me encierro en mi habitación, fumo hierba y trato de olvidarla.

Mi mamá llama a la puerta un par de veces pero no la dejo entrar. Sabe lo que es esto. Lo que he hecho por ella. Sin embargo, no es solo por ella. También es por Sheridan. Sigo recordándomelo cada vez que sus ojos brillantes de lágrimas aparecen ante mi cara. Puede que haya enviado la aceptación a Stanford, pero no quería ir.

Debo hacer esto, no porque su padre sea un imbécil, no porque la posición de mi madre en la manada esté en peligro, sino porque es lo correcto para Sheridan. Superará este dolor y hará algo por sí misma. Será más fuerte por ello.

Me manda un mensaje de texto alrededor de las cuatro de la tarde.

Sheridan: *¿Es por Stanford?*

Me paso la lengua por el aro que uso en el labio mirando la pantalla.

Joder. Es muy inteligente, sabe lo que estoy haciendo.

Joder. Joder. Joder.

Necesito buscar y pisotear esa parte de mí que se alegra porque lo sepa. Me alivia que todavía crea en mí, que entienda que nunca la lastimaría a menos que haya tenido que hacerlo. Pero si le dejo creer que soy el chico bueno, no se irá. Mi mamá todavía estará jodida.

Me levanto de la cama. Una nueva estrategia se forma en mi cabeza. El hecho de que físicamente me dé náuseas me dice que va a funcionar.

* * *

Presente

Sheridan

Una vez más me encuentro trepando por la cuenca del arroyo en mitad de la noche, el equivalente cambiante del duelo al amanecer. Pierdo el equilibrio y derrapo por las rocas secas.

—¿Necesitas ayuda? —Me sobresalto ante la repentina voz. Es Nerón que aparece a mi lado.

—No —espeto bruscamente. Fue su culpa que esté aquí destrozando mis Doc Martens. Bueno, suya y de Trey. Estúpido lobo macho. Tiene que orinar todo para demostrar su posesión.

—No me vas a amedrentar —murmuro.

—¿Perdón? —El vampiro rezuma por el lado del arroyo, sus botas de piel de serpiente nunca parecen tocar el suelo.

—Nada. —Llego al fondo de la cuenca vacía y miro a mi alrededor. Hay algunos humanos aquí, chicos de fraternidad alrededor de una hoguera que han prendido en un cubo de basura metálico, riendo y pasándose una botella de licor barato, merodeando entre vampiros. Frente a ellos, en silencio, están Trey y Jared. Grizz es una enorme sombra que acecha detrás de ellos.

—¿Quién necesita el club de lucha cuando tenemos esto? —Nerón extiende los brazos ante la escena.

Me detengo y arrugo la nariz ante el paisaje árido como el de un planeta alienígena. El club de lucha tiene toneladas de encanto en comparación con esto.

—Bueno, sanguijuela —grita Trey mientras Nerón y yo nos acercamos a trompicones—. ¿Qué vas a hacer? ¿Estás listo para pelear?

Nerón desaparece de mi lado y vuelve a aparecer unos metros más cerca de Trey. Controlo mi reacción, forzando los latidos del corazón a disminuir. Odio cuando las sanguijuelas hacen eso. No todos pueden, pero Lucius y sus hijos parecen ser particularmente poderosos.

—No pelearé. Escuchaste a mi maestro. —¿Es mi imaginación o Nerón hizo una mueca cuando dijo la palabra *maestro*? Tal vez el Imperio Frangelico se dirige a un golpe de Estado.

—¿Qué estoy haciendo aquí entonces? ¿Perder el tiempo? —Trey estira los brazos en burla del gesto anterior del vampiro.

"No tientes al chupasangre", no es una cita de mi calendario de sabiduría pero debería serlo. "Nunca te burles de un vampiro", consejos de vida de Drácula.

—No. Tengo a alguien con quien vas a luchar. Una vez que te des cuenta de quién, puede que no estés tan ansioso.

—Como si pudieras conseguir que un cambiante hiciera tu trabajo sucio. Tráelo.

Nerón se aclara la garganta.

Me toma un momento darme cuenta a qué luchador se refiere Nerón. Cuando lo hago, se me estruja el corazón.

Poco a poco, Grizz merodea alrededor de Trey y Jared y toma su lugar junto al vampiro, frente a ellos.

—No —susurro.

—Lo siento, jefe. —El oso pardo se frota la cara llena de cicatrices, una expresión torturada muestra su conflicto.

—¿Grizz?

No puedo ver la expresión de Trey, pero se me parte el corazón ante la desesperanza en su voz.

—¿Cuánto tiempo hace de esto? —Jared gruñe dando un paso adelante. Trey planta una mano en el pecho de su amigo, impidiéndole que se abalance sobre el oso pardo—. ¿Cuánto tiempo has trabajado para los vampiros?

—Desde antes de conocerte. —Grizz envuelve sus manos, sin mirar a nadie. Nerón lo mira sonriendo satisfecho.

Trey sacude la cabeza y me siento mal al ver el dolor en su rostro. Conozco esa mirada. La tenía la noche en que el alfa Green los echó por traficar hierba y deshonrar a la manada. La noche que le traicioné.

—Trey. —Me apresuro a su lado, pero ni siquiera me mira.

—Terminemos con esto —murmura Jared y Grizz toma su lugar entre las rocas. Jared recita un montón de reglas, incluidas las áreas fuera de límite, marcadas por piedras más grandes.

Trey inclina la cabeza y flexiona los puños. Grizz es una

montaña descomunal. Percibo su pesar, aunque su rostro lleno de cicatrices parece cansado. ¿Qué tipo de control tienen los vampiros sobre él para poner al oso solitario bajo su control?

Jared termina de hablar y retrocede de los luchadores. Nerón y yo estamos uno frente al otro. Los humanos se acercan al área de lucha, riendo y burlándose hasta que les gruño.

Trey y Grizz ignoran a todos menos a Jared, hasta que dé la señal para que comience el combate. Entonces se concentran el uno en el otro, tanto que espero que la electricidad crepite entre ellos. Trey camina lentamente alrededor del borde de un círculo imaginario. Uno de los humanos lanza una lata de cerveza que golpea la roca como un disparo. Ni Trey ni Grizz parpadean.

"Por favor, por favor, que esto termine pronto". Lucho por relajar los hombros y aflojar los puños. Trey me mira y por un momento creo que va a detener esta locura y abandonar el combate.

Entonces entra en acción y se abalanza sobre Grizz, quien ruge lo bastante fuerte como para sacudir el suelo. Los puños arremeten, Trey se retuerce en el último segundo para asestar un golpe inútil en el enorme brazo del grizzly. Me trago el corazón, solo para que vuelva a saltarme a la garganta nuevamente cuando Grizz persigue a Trey, pesado como el oso que es a una velocidad increíble. Los puñetazos caen con horribles estruendos. Cierro los ojos un momento, pero el olor a sangre y la emoción del observador son peores que ver los golpes. En cambio, me tapo los oídos.

Los luchadores intercambian golpe tras golpe. No se parece en nada al baile grácil que presencié cuando Trey luchó antes. Este es crudo y brutal, son dos depredadores ápice haciendo todo lo posible para mutilarse mutuamente.

Los cambiantes pueden sanar, sí, pero cuando te rompes un hueso puede llevar un tiempo y duele. Duele mucho.

—¡Basta! —grita alguien. Estoy al otro lado del límite invisible y entre los luchadores antes de darme cuenta de que soy yo, soy yo quien gritó. Me dirijo a Trey, suplicando —. Suficiente.

—Sheridan, quítate del camino, nena. —Me hace un gesto. Tiene la cara cortada e hinchada. Con tanto daño que ha recibido, su cuerpo sanará mucho más lentamente.

—No puedo. Ya no puedo ver esto. ¡No puedo dejar que hagas esto!

—Cariño —susurra Trey—. Por favor.

Un movimiento detrás de mí me hace girar a tiempo para ver casi doscientos kilos de oso enfadado abalanzándose sobre mí.

En el último segundo, giro y me agacho bajo sus garras, pongo mi hombro en sus abdominales y lo hago rodar por mi espalda. Se estrella contra la tierra. Las rocas que nos rodean retumban.

"Cuanto más grandes son, más duro caen".

Los humanos me miran como si no pudieran creer lo que he hecho.

—Ya basta —repito—. Se acabó. Todos... a casa.

Un silbido, como de vapor que escapa, corta el aire. Giro para enfrentarme al vampiro, y lucho para no agachar la cabeza o meter la cola. Su rostro se ha transformado de algún modo en una monstruosa caricatura de algo que alguna vez fue humano. ¿Es este el aspecto real de los vampiros?

—Esto no ha terminado, lobo —dice Nerón y desaparece.

Grizz se levanta lentamente.

—¿Estás bien? —le pregunto, pero él me ignora. Hay un

corte desagradable en la parte posterior de su cabeza, ya sanando. También ignora eso.

—No fue personal —dice Grizz a Trey y Jared.

Trey frunce el ceño y agarra el brazo de Jared. Juntos se dan la vuelta y caminan de regreso por el camino que vinieron. Los jóvenes que estaban alrededor del cubo de basura encendido ya se han marchado.

—¡Trey, espera! —grito. Él espera. Jared mira hacia atrás, meneando la cabeza tanto a Grizz como a mí. No dice nada, pero sé lo que él y Trey están pensando.

Traicionados por uno de los suyos. Otra vez.

Extiendo la mano para tocar las heridas en la cara de Trey, pero él retrocede.

—Trey, lo siento.

Sacude la cabeza, el cansancio ensombrece su rostro, haciendo que los moratones y cortes se vean aún más horrendos. No puedo creer que haya luchado contra un oso pardo.

—No deberías estar metida en nada de esto —dice. No suena como él mismo. Suena antiguo. Muerto. Se frota la cabeza muy rapada—. Estabas bajo el encanto del vampiro y ahora te has metido en medio de un combate de cambiantes en un descampado. Naciste para una vida mucho mejor que esta sordidez.

Mis ojos se abren en alarma. ¿Qué me dice? Suena como a una ruptura. Y solo me marcó anoche.

Pero estoy harta de que otras personas decidan para qué nací. No nací para gobernar una manada. Ese era trabajo de mi hermano. O de Garrett. El hecho de que mi padre me haya empujado a asumir el papel de mi hermano, no quiere decir que me pertenezca. Sí, podría hacer un muy buen trabajo, pero no significa que lo quiera. No he sido feliz desde que Trey y yo nos separamos hace doce años. La primera vez decidió que sabía mejor que yo lo que debía hacer con mi vida.

—¿Sabes qué, Robson? —suelto un chasquido. Mi irritación llama la atención de Trey, lo despierta de su estupor.

—¿Qué? —Ahora es cauteloso, sabe que tengo un problema.

—No puedes elegir por mí. Esta es *mi* vida. —Señalo mi pecho—. No te corresponde a ti decidir qué es seguro para mí y qué es realmente peligroso. O en qué debería meterme o *a qué universidad tenía que ir.*

Retrocede ante la mención de nuestra primera ruptura. Su piel palidece bajo la luz de la luna, los ojos se vuelven atormentados.

—Lo siento, Sheridan. Sé que te hice daño, a los dos. Pero... —Mira fijamente la Montaña A y sacude la cabeza—. Lo haría todo de nuevo. Haría lo que sea necesario para asegurarme de que vivas la vida que una loba de tu potencial merece.

Lágrimas de furia brotan de mis ojos. Le empujo el pecho y cuando resuella, me doy cuenta con horror de que probablemente tenga costillas rotas. Me aparto de él. ¿Podremos estar juntos sin lastimarnos el uno al otro?

—No me estás escuchando, Trey. ¡Tú no eliges por mí! Y hasta que no lo descubras, no tenemos futuro juntos.

—Sí, bueno, tal vez así sea como tiene que ser. —Sus labios ensangrentados apenas se mueven.

Cálidas lágrimas se derraman por mis mejillas y me giro sobre los talones.

—¡Eres un idiota, Trey Robson! —grito por encima del hombro mientras me dirijo a mi coche.

Capítulo Trece

Doce años atrás

S heridan
 Estoy demasiado agitada para pensar. Tengo que estudiar para un examen de medio término, pero me paso todo el sábado pensando en Trey. Sé lo que está haciendo y le odio absolutamente por ello.

Sin embargo, nunca podría odiar a Trey, especialmente porque sé que lo hace por amor.

Por mí.

Estúpidos lobos machos protectores.

A pesar de que cojo el móvil para enviarle un mensaje de texto o llamarle cada diez minutos, me comprometo a darle un poco de tiempo. Dejarle jugar esto durante una semana o dos. Cuando vea que es imposible para nosotros mantenernos separados, cuando esté tan destrozado y solo como yo, cambiará de opinión.

Prometeré ir a Stanford. Tal vez pueda conseguir que

venga conmigo. Sé que colabora con la manutención de la madre, pero podría enviarle dinero desde California.

Como ya no soporto estar encerrada en la casa, me dirijo a la montaña donde se reunen mis amigos, que me envían mensajes de texto para que vaya a pasar el rato con nuestros compañeros de clase.

Conduzco hasta allí y aparco, pero en el momento en que llego, mis instintos se ponen en alerta.

La moto de Trey, aparcada con la de los otros chicos, no debería molestarme. La verdad es que no. Pero me molesta. Miro a mi alrededor intentando averiguar de qué es consciente mi loba que gruñe.

Pam, una de mis mejores amigas, corre hacia mí con la cara desencajada y me agarra del brazo.

—Vamos, tenemos que irnos de aquí. —Me empuja de vuelta hacia mi coche.

—¿Por qué?

—Te lo diré más tarde. Confía en mí, no quieres estar aquí.

Me detengo, las campanas de alarma suenan más fuerte.

—Tienes que decírmelo. —Mis palabras son duras y firmes. La hembra alfa que hay en mí sale y domina a mi amiga más blanda.

Ella mira por encima del hombro.

—¿Tú y Trey rompieron? —Parece asustada, como si fuera a arrancarle la garganta por preguntar.

Parpadeo las lágrimas que aparecen en mis ojos en el momento en que me lo pregunta.

—Sí, más o menos. ¿Por qué?

Pam mueve la cabeza.

—Está allí con Kaylee Ryder.

Un gruñido sale de mi garganta. Marcho en la dirección que Pam indicó y me sigue pisándome los talones.

Efectivamente. Trey descansa en una mesa de picnic, *nuestra mesa de picnic*, con un brazo colgado alrededor de Kaylee y una mano apoyada en su culo. Sostiene una cerveza en la otra, que utiliza para hacer gestos mientras cuenta una historia aparentemente fascinante.

Kaylee está pendiente de cada palabra, riendo.

Esa *zorra*.

No es una palabra que haya pensado usar antes, pero en este momento, me gustaría morder el flanco de Kaylee, hundirle los dientes en su pata trasera y mostrarle quién es la loba dominante.

Pero así no es como funcionan las cosas cuando estoy en forma humana y el instinto de retribución física debe reprimirse.

Oh, al diablo con eso.

Avanzo y empujo el pecho de Trey. No sé qué reacción espero, pero no se mueve ni parece particularmente sorprendido o molesto al verme. Sus ojos azules como el hielo me miran, indescifrables.

Levanto la mano y le doy un puñetazo en la mandíbula. Gruñe frotándose la cara, todavía sin ofrecerme una sola palabra, ni una sola reacción.

—Imbécil —murmuro—. Te arrepentirás de esto. —Me doy la vuelta y me marcho furiosa mientras Pam le lanza otra mirada más aguda antes de seguirme.

Cuando vuelvo a casa, lo único que puedo hacer es vomitar. Y cuando no queda nada, me tumbo en mi cama y planeo destruirle.

* * *

Presente

. . .

Trey

Durante el viaje de regreso a mi apartamento, estuve completamente entumecido. Ni siquiera recuerdo haber llegado aquí. Todo lo que sé es que acabo de hacer que la historia se repita, rompiéndole el corazón a Sheridan otra vez.

¿O rompió el mío?

Ni siquiera estoy seguro de lo que sucedió allí. Cómo se fue todo al demonio este día. Solo sé que va a empeorar cuando me suene el teléfono y sea un código de área de Phoenix.

—¿Sí? —Pongo mi tono más hosco. Es más de medianoche. Llame quien llame, no va a ser bueno.

Estoy en lo cierto. Una voz helada dice:

—¿Trey Robson? Habla el Sr. Green. El padre de Sheridan.

Respiro hondo.

—¿Qué quiere? —pregunto, aunque lo sé. Tuve una conversación como esta con el imbécil hace doce años.

—Llamo por una advertencia. Aléjate de mi hija. Estuviste a punto de arruinarle la vida una vez, y que me condenen si lo permito de nuevo.

—Con el debido respeto —le digo, a pesar de que no se merece ninguno—, Sheridan es una loba adulta. Toma sus propias decisiones.

—Es por eso que te llamo. No quiere ponerse en contacto contigo. He hablado con ella y regresará a casa a primera hora.

Dejo caer mi mano, el teléfono sigue parloteando.

Green habla de acabar con el club de lucha, de cazar sanguijuelas y volver a poner a raya a la manada de Tucson, pero
al cabo de un minuto, no hay nada más que dolor en mi
corazón y un zumbido en mis oídos.

Luché tanto tiempo, tan duro, y he vuelto a donde
estaba: dejando ir a Sheridan Green. Dejando que arruine
mi vida.

Me arrancó el corazón.

Otra vez.

* * *

Sheridan

Deambulo por la pequeña casita sintiendo mi cuerpo el
doble de pesado y el cuádruple de torpe que de costumbre.
Es porque mi loba está en huelga. Hoy no ha querido levan-
tarse de la cama para nada.

No he atendido las llamadas de nadie, ni de mi padre, ni
de mi madre, ni de Trey. Escucho sus mensajes de voz, pero
no cambian nada.

Trey se ha disculpado pero sigue sin aceptar que yo elija
mi vida. Mi papá sigue insistiendo en que regrese a Phoenix
y, por supuesto, ha reclutado a mi madre para ese esfuerzo.

Agarro un pañuelo de papel y me sueno la nariz mirándome la cara en el espejo. Tengo un aspecto horrible. Los
ojos enrojecidos de tanto llorar y ojeras por la falta de
sueño.

Recibo un mensaje del alfa Green donde me comunica
que él y mi padre planean asistir a la reunión de la manada
de Tucson esta noche y que quiere un informe completo
antes de llegar allí.

189

Bueno, mala suerte. No me interpondré entre las dos manadas. No fue prudente de mi parte aceptar esta tarea en primer lugar, especialmente teniendo en cuenta la historia. Aunque probablemente quizás sea por eso que la tomé. Pensé que iba a mostrarle a Trey lo que se perdió, pero en realidad, solo quería a Trey. Y necesitaba un cierre.

Ahora tengo ambas cosas, pero estamos cerrando el círculo de nuevo. Trey me alejó porque cree que no es lo bastante bueno para mí. Sigue dispuesto a dañarnos a ambos en nombre de protegerme.

Bueno, si no puede entenderlo, él se lo pierde. No soy su arcilla para moldear.

Sin embargo, mi loba aúlla en señal de protesta. La marca de Trey palpita en mi cuello.

Al diablo. Voy al armario y me visto. Necesito salir de este espacio antes de que mi loba se vuelva loca.

Necesito volver al lugar donde Trey me llevó a correr en el aniversario de la muerte de Zach.

Necesito sanar en el desierto.

* * *

Trey

El aire del club de lucha es viejo, rancio, y solo ha pasado un día desde que se cerró. Maldita sea, este lugar es un basurero. No me extraña que Sheridan lo odie. Una parte de mí se avergüenza de que alguna vez ella lo haya visto, pero fue su culpa. No le pedí que viniera a husmear mi entorno, despertar a mi lobo, cerrar todo el círculo. Por más que lo intente, no la odio. Me odio a mí mismo.

La grava cruje afuera y me tenso hasta que huelo a Jared. Mi mejor amigo entra ignorando la cinta policial.

—Hola —le saludo.

Se detiene y se mete las manos en los bolsillos.

—¿Cuánto tiempo vas a andar como un cachorro que perdió su peluche favorito?

—¿Qué cojones, hombre? —Aprieto los puños—. Te reto a que te acerques y me digas eso a la cara.

Jared se encoge de hombros.

—Lo haría, pero todavía te ves un poco golpeado. ¿Qué pasa, hombre, que no sanas tan rápido?

—Sabes que lleva más tiempo cuando hay daño interno. Me dio en las costillas. No dolió tanto como la traición de Grizz.

—Sí, él. ¿Quieres que la manada le haga pagar?

—No. Lo que sea que las sanguijuelas le hayan impuesto para hacerlo suyo, es un castigo peor del que podamos darle.

Jared se encoge de hombros de nuevo, como si no le importara.

—¿Y Sheridan? ¿Qué vas a hacer con ella? Además de tumbarte a llorar.

—Vete a la mierda, hombre. Recuerdo cómo eras con Angelina.

—Sí, y ahora tengo una compañera preciosa y follo con ella todas las noches. ¿Qué pasa, hermano? Esta es la segunda vez que te pones así por esta loba. —Mi amigo ladea la cabeza, de repente serio—. Ella es la indicada, ¿no?

Suspiro.

—Sí. Yo... en realidad ya la marqué. Pero...

—¿Pero qué?

—¿Qué tengo para ofrecerle? Una tormenta de mierda, igual que siempre.

Jared arquea una ceja.

—¿No crees que la subestimas un poco? Sus padres pueden ser unos esnobs, pero Sheridan nunca lo fue. ¿Crees que habría estado sirviendo bebidas o paseándose por territorio de vampiros si no le encantara ir contigo a lugares de mala muerte?

Hago una mueca ante su elección de palabras y me encojo de hombros.

—Amigo, tienes que ir a buscarla.

—No es tan simple.

—Es *así* de simple. Eres un maldito lobo. Le diste tu marca. Significa que es tuya. Si no puede soportarte, encadénala a tu cama y dale orgasmos hasta que cambie de opinión.

El burdo consejo de Jared me obliga a sonreír a regañadientes. Mi polla está totalmente de acuerdo con el plan. Completamente.

Atar a Sheridan me daría la oportunidad de explorar todos los disfraces traviesos que tiene en su armario. Tal vez la soltaría solo cuando prometa modelarlos para mí.

—Por supuesto, ella podría matarme cuando esté de espalda.

—Para eso están los orgasmos, idiota. —Jared pone los ojos en blanco—. Consíguela y mantenla dulce. Agrega un poco de castigo juguetón, y antes de que te des cuenta, estará rogando por tu polla. —Mi amigo se pone los brazos detrás de la cabeza con la sonrisa engreída de un hombre que lo hace a menudo.

Sheridan, atada y suplicando, abriendo su boca caliente. Ah, joder, ahora se me puso dura como la piedra.

—Esa no es una mala idea, en realidad.

—Te dije que soy un genio.

—Espera —suspiro—. ¿Qué pasa con la manada?

—¿Qué pasa con eso?

—Es Sheridan. Todos la recuerdan por lo que nos hizo. Garrett ni siquiera la ha perdonado y es su prima.

—Garrett se apareó con una humana. ¿Recuerdas cómo lo tomamos al principio? No le pusimos exactamente la alfombra de bienvenida. —Se encoge de hombros—. De la forma en que lo veo, quieres a esta mujer, la reclamaste. Expónelo y asegúrate de que ella te cubra las espaldas como tú a ella. Las cosas funcionarán con la manada.

—¿Lo crees?

Se encoge de hombros de nuevo.

—Cualquier cosa es mejor que tenerte vagabundeando como si tuvieras síndrome premenstrual.

—Vete a la mierda —le espeto, pero con una sonrisa.

—No, gracias, hermano. Tengo a Angelina —sonríe Jared, y agrega—: Reunión de manada esta noche en el club. Garrett quería asegurarse de que lo supieras. No has estado contestando tu teléfono.

—Está apagado. —Lo saco y agito antes de encenderlo—. Solo necesitaba algo de tiempo.

—Sí, lo entiendo. —Jared me da palmadas en la espalda—. Bienvenido de nuevo a la tierra de los vivos.

—Gracias. —Le doy la mano y enderezo los hombros. Ahora solo tengo que descubrir cómo arreglar esta situación con Sheridan de una vez por todas.

Capítulo Catorce

Doce años atrás

Trey

Debería habérmelo esperado antes, honestamente. Cuando vuelvo desde lo de Garrett y encuentro a Lance Green en mi casa, me doy cuenta de que he estado esperando este momento desde la primera vez que besé a su hija.

Está sentado en nuestro destartalado sofá, con un vaso intacto de agua en la mesa de café frente a él. Mi madre se levanta del sillón con una mirada asustadiza en los ojos.

¿Quién podría culparla? El señor Green es director financiero de Wolf Ridge Brewery y está a la cabeza de la manada después de Emmett Green, el padre de Garrett. Mi mamá es de la clase más baja de la manada, una omega, lo cual significa que mantener contento a Lance es una prioridad en su lista, y yo se la he jodido.

—Trey, cariño —dice mi madre entrelazando los dedos
—. El señor Green ha venido a verte.

Me quedé helado cuando entré, pero ahora me obligo a
inclinar la cabeza en su dirección.

Él camina hacia mí.

—Quiero hablar contigo. —Sigue caminando y sale por
la puerta principal. Le sigo intentando sonreír para tranqui-
lizar a mi madre. Baja los escalones y se queda de pie junto
a mi moto con los brazos cruzados. La mira como si fuera el
monstruo que sale con su hija en lugar de mí. O como si
fuera la moto que mató a su hijo.

—Ella ingresó en Stanford.

—Sí, señor, lo sé.

Su cabeza se levanta, la furia arde en sus ojos.

—No quiere ir. —Habla con los dientes apretados—.
Gracias a ti, sin duda.

Intento tragar saliva.

—Me aseguré de que enviara la aceptación. —No sé por
qué lo digo, él no va a pensar que soy un héroe ni mucho
menos.

Hace una mueca como si no me creyera.

—Rompe con ella. Terminas las cosas ahora mismo para
que pueda ir a la universidad y concentrarse en lo que es
importante: su educación. No voy a dejar que arruines toda
su vida.

A pesar de que está muy por encima de mí, aprieto los
puños. No por los insultos, sino porque mi lobo no puede
soportar la amenaza a su reclamo. Al apareamiento que aún
no se ha completado.

De alguna manera evito que mi labio superior se curve y
muestre los dientes.

—No puedo hacerlo, señor Green.

En un instante, me tira al suelo y me rodea la garganta

con una mano. Oigo a mi madre jadear desde la puerta y es ese sonido el que me recuerda que no debo defenderme. Debo rendirme a su dominio.

—Si no quieres que te eche a ti y a tu madre de esta manada, chico, harás lo que te diga. *Termina con ella.* Tienes una semana.

Le fulmino con la mirada pero levanto la barbilla para mostrarle mi garganta, que todavía mantiene bajo estrangulamiento. Es una señal de sumisión. Una que tengo que ofrecerle.

Me aprieta más fuerte, cortándome el aire. Me niego a ser rudo o mostrar signos de estrés, solo me limito a mirarle los ojos amarillos.

Cabrón.

—No dejaré que la arruines —repite, luego me suelta abruptamente y se levanta. Se sube a su coche y se aleja sin mirar atrás.

Entro y abrazo a mi madre, que tiembla y llora.

—Está bien, mamá. —Hablo contra su cabello—. No tienes que preocuparte. Ya rompí con ella.

* * *

Presente

Sheridan

Conocida como el club nocturno Eclipse de Garrett, la casa club de la manada está repleta de lobos vestidos de cuero. Me escabullo por la parte trasera ignorando las feas miradas y hundiéndome profundamente dentro de la chaqueta de Trey. Esperaba que los lobos de Tucson me hayan perdonado por lo les hice doce años atrás. Supongo que estaba equivocada. "¿Por qué está aquí?", se queja uno con sus amigos. Otro sacude la cabeza, mirándome directamente, sin molestarse en ocultar su disgusto.

—Es triste ver a una loba actuar como una rata.

Wolf Ridge básicamente se dio un tiro en el pie cuando expulsó a Garrett, Trey y Jared, porque casi todos los lobos viriles jóvenes de nuestra generación les siguieron a Tucson. Esa es parte de la razón por la que quedé tan arriba en la jerarquía de la manada cuando soy hembra. Quince años atrás habría sido inaudito. Debería estar listo Garrett para tomar el timón de Wolf Ridge Brewing y de la manada.

Levanto la barbilla y avanzo para poder ver. Mi primo Garrett está de pie en el estrado con los dedos enganchados en las presillas del pantalón. Tank, el segundo de la manada, se para un poco detrás de él, a la derecha, con los brazos cruzados sobre el pecho. Ninguno de los dos parece contento.

—Silencio —dice Garrett y todos se callan. No grita pero no tiene que hacerlo. Su voz está impregnada de mando—. Estamos aquí para hablar de los sucesos en el Shifter Fight Club y el trato propuesto entre nosotros y las sanguijuelas.

—Eliminémoslos —grita alguien, y algunas voces más retumban en aprobación.

—Cállate —gruñe Tank, y el silencio vuelve a caer.

Garrett continúa:

—El hecho es que teníamos un acuerdo y unos días después, lo rompieron.

—No formalmente —comenta Jared, justo al lado del

estrado, con una bota apoyada en él—. No sabemos qué sanguijuela estaba detrás del cadáver.

—No, no lo sabemos —admite Garrett—. Pero sabemos que fue un vampiro. Ya sea que Frangelico sancione o no la muerte, sucedió después del trato y en las instalaciones de un negocio propiedad de cambiantes. Si bien no reclamamos esa parte de la ciudad formalmente como nuestro territorio, Trey y Jared son nuestros hermanos. Los respaldamos.

—Gracias, jefe —murmura Jared.

Garrett asiente.

—Nos guste o no, tenemos que hacer algo. —Mira a Tank, quien da un paso adelante y levanta la barbilla hacia la audiencia—. Se abre la sesión —anuncia—. Digan lo que quieran civilizadamente o los echaré.

Inmediatamente un lobo de aspecto rudo habla:

—Vayamos a la guerra. Los eliminaremos. —Se oyen algunos murmullos de aprobación y Jared sacude la cabeza.

—La guerra significa muertes y daños colaterales. Lo último que queremos son vampiros persiguiendo inocentes.

—Ya lo hacen —señala un disidente, y todos están de acuerdo.

Jared alza la voz y sube al estrado.

—Hace unos años habría luchado hasta la muerte y la gloria. Pero ahora tengo una compañera. Si hay una manera de hacer que este trato funcione, digo que procedamos.

—Pero los vampiros rompieron el trato —dice el lobo de aspecto rudo.

—No Frangelico —grito yo, yendo hacia adelante—. Me reuní con él y no creo que esté detrás de eso.

—¿Recuérdame cómo eres parte de esto, traidora? —murmura alguien.

Giro mostrando los dientes, pero Garrett espeta:

—Sheridan, sube al estrado. Ahora.

Agachando un poco la cabeza, le obedezco. Mi primo parece enfadado.

—¿Dijiste que te reuniste con Frangelico?

—Sí. Tampoco está contento con este cadáver. —Parecía más enfadado con la desobediencia de sus órdenes que con la muerte real, pero omito esa parte—. Creo que uno de sus lugartenientes podría estar actuando sin su permiso. Solo un presentimiento —me apresuro a explicar—. Nerón tiene, mmm, algo conmigo. Ha estado dispuesto a provocar problemas. —Un vistazo a la sala me dice que los lobos no me creen, y ¿por qué deberían hacerlo? Soy una extraña que los traicionó una vez—. Trey —suelto antes de poder contenerme. Garrett levanta una ceja y desearía poder rebobinar y desdecirme. Trey no se merece que lo arrastre a esto.

—¿Qué pasa con Trey? —Garrett insiste.

—Trey estaba conmigo. Puede contar más.

Garrett levanta la voz.

—¿Dónde está Trey?

—Aquí —una voz áspera me sobresalta el corazón. La alta silueta de Trey se abre paso entre la multitud. Cuando pisa el estrado, la luz le da de lleno en su cara magullada y algunos cambiantes jadean.

—¿Qué pasó? —Garrett gruñe.

—Tuve un pequeño desacuerdo con una sanguijuela, así que luché con ella. —La expresión de Trey no muestra arrepentimiento.

—Tiene que haber algún daño real si todavía se te nota —señala Tank, y Trey se encoge de hombros.

—Déjame aclarar esto —frunce el ceño Garrett—. ¿Luchaste contra un vampiro?

—No fue un vampiro. Fue con uno de sus segundos. Frangelico no deja que sus sanguijuelas luchen. Pero lo que dice Sheridan es cierto. —Mi corazón se acelera cuando Trey me respalda, solo para darme cuenta de que no me ha mirado ni una sola vez—. Creo que uno o algunos de los lugartenientes de Frangelico son desleales.

—Si ese es el caso, Frangelico debería querer saber quién rompió el trato tanto como nosotros —dice Tank.

—¿Los lobos y el rey sanguijuela del mismo lado? —Garrett suena dudoso, pero se encoge de hombros.

Más lobos comienzan a vociferar sus opiniones empujándose entre sí. Alguien me da un empujón y lucho por mantenerme en pie.

—¡Basta! —ruge Tank. Garrett levanta la mano para que todes guarden silencio y lo consigue de inmediato.

—Muy bien, se acabó la discusión. Esto no es una democracia. Somos una manada. Soy el líder y si encuentro oportuno tratar con vampiros, es lo que haremos. Nos mantenemos firmes sin una guerra total. Sigamos buscando a los asesinos y esperemos que Frangelico haga lo mismo.

Incluso cuando estaban a punto de amotinarse hace un momento, los lobos a mi alrededor asienten con la cabeza y me permito relajarme.

Es entonces cuando mi padre y el alfa Green ingresan a la reunión.

Mi corazón se desploma.

Eligieron una entrada trasera, por lo que suben por atrás del estrado. Tank gira primero, bajando, para dar paso al padre de Garrett, el alfa de Wolf Ridge. Mi alfa. Padre e hijo se enfrentan con caras impávidas. Se parecen mucho, solo unas pocas canas señalan al hombre mayor.

Garrett habla primero.

—Padre.

—Hijo. —La voz del alfa Green es solo un poco más grave que la de su hijo mayor. Su postura es más cautelosa, él es el extraño aquí. La mayoría de los lobos presentes pertenecen a la manada Garrett. La división entre manadas mayormente pacífica podría cambiar. Cielos, espero que no. Una guerra entre manadas sería peor que una con vampiros.

—Estamos aquí porque tienes un pequeño problema con los humanos.

—Es un problema con vampiros, en realidad —Garrett se acerca a su padre y se planta—. Pero lo estamos controlando.

El alfa Green levanta una ceja, igual que lo hace su hijo cuando es escéptico.

—Acabo de pasar las últimas veinticuatro horas reuniéndome con contactos en el FBI y la policía estatal, pidiendo favores. Están clasificando la muerte por sobredosis de drogas: se encontraron elementos de una sustancia tóxica en la sangre de la víctima. También acordaron mantener cualquier detalle curioso al margen de los medios humanos. Por ahora.

La sala parece soltar un suspiro de alivio. Garrett asiente.

—Agradezco la ayuda. Toda la comunidad de cambiantes la agradece.

—Hice lo que tenía que hacer para proteger a nuestra especie —responde el alfa Greeen—. La pregunta es, ¿lo hiciste tú?

Garrett resopla pero parece armarse de paciencia.

—Estamos tratando con vampiros. Tenemos razones para creer que esta muerte fue causada por una sanguijuela rebelde. Si la atrapamos, podremos entregarla a Frangelico, terminar con las muertes y mantener la paz.

El alfa Green asiente lentamente.

—¿Qué pasa con el club de lucha? —Mi padre chasquea los dientes como si saboreara el olor de la presa—. Nos ha estado causando problemas desde que abrió. Obviamente es un punto de debilidad para nosotros, los lobos. Primero las autoridades investigan las peleas y el tráfico de drogas, y ahora este cadáver. Me parece que no tendremos mucho tiempo para cubrirte las espladas contra los vampiros si estamos demasiado ocupados ocultándole evidencia a los humanos. Limpiando tu desorden.

—¿Bueno, hijo? —El alfa Green le dice a Garrett—. ¿Qué pretendes hacer con el club de lucha?

—¡Puedo responder yo! —grita Trey. Todas las miradas se vuelven hacia él cuando se sube al estrado, frente a mi padre, quien visiblemente hace una mueca ante los cortes y moratones en toda la cara de Trey—. Fue principalmente idea mía.

—Mía también —dice Jared rápidamente, pero Trey niega con la cabeza.

—Fue mi idea permitir que los vampiros ingresaran en el club. Y también contraté a Grizz. Luchó por nosotros, pensé que era sólido. Ahora me doy cuenta de que estamos atrapados en algo grande. Posiblemente un golpe de vampiros. No quiero que nada de lo que he construido ponga en peligro a mi manada. Estoy dispuesto a cerrar el club si es lo que mi alfa piensa que es mejor. —Lo dice, obvio, mirando a Garrett, no al alfa Green.

Mientras Trey habla, una mirada engreída se instala en el rostro de mi padre. Mis propias manos se aprietan en puños.

—¿Cerrarlo? —Garrett pregunta—. ¿Es lo que quieres?

Trey se encoge de hombros. Jared niega con la cabeza, pero murmura algo como "lo que creas que es mejor".

Ahora mi padre se regodea y habla:

—Parece que lo mejor para la manada es cerrar el club de lucha. Para siempre. —Un murmullo recorre la sala con retumbos de descontento. El club de lucha es popular. Ha traído muchos lobos a la ciudad, nuevos miembros de la manada. Si Trey quisiera, mostraría cuántos patrocinadores tiene en la sala. En cambio, cruza los brazos y mira por la ventana.

Quiero correr hacia Trey y obligarle a mirarme a mí en lugar de a mi padre. "¿Por qué no te defiendes?", quiero gritarle.

—Parece que tienes un curso de acción claro —le dice el alfa Green a su hijo. Los ojos de Garrett se entrecierran pero no dice nada. Por lo que sé de mi primo, todavía está pensando, y cuando tome su decisión, podría significar el final del sueño de Trey.

Mi padre usó su influencia política contra mi exnovio y torció todo para que pareciera culpa de Trey.

No es justo. Pero ¿soy lo bastante valiente como para enfrentarme a mi manada y, lo que es más importante, a mi padre?

"Ser profundamente amado por alguien te da fuerza, mientras que amar a alguien profundamente te da coraje". Ahora no, Lao Tse.

Me acerco al estrado. Mi padre me llama la atención y me detengo.

"La vida se encoge o se expande en proporción al coraje de uno". Anais Nin.

Estupendo. Estoy tan asustada que mi vida pasa ante mis ojos y consiste absolutamente en cursis citas de sabiduría.

Trey baja y comienza a alejarse. Es ahora o nunca. Subo al estrado justo cuando está a punto ir hacia la salida.

—Espera un minuto —me oigo decir.

* * *

Trey

No puedo creerlo. Sheridan sube al estrado tan audaz como pocas. La plataforma está casi repleta y ella se pone las manos en las caderas en una orgullosa pose de Mujer Maravilla.

—Esto no está bien, y lo sabes.

Su padre resopla, pero el alfa Green levanta una mano.

—Di tu discurso.

—Frangelico decidió mudarse aquí y reclamar territorio. Es antiguo, poderoso, nadie puede detenerle sin mucho derramamiento de sangre. Hasta ahora, hemos tenido un trato pacífico. El club de lucha no tuvo nada que ver con la muerte, de hecho fue el objetivo. Y no deberíamos cerrarlo. Deberíamos defenderlo. Necesitamos un lugar como este. Un lugar neutral donde tanto los vampiros como los cambiantes puedan interactuar. Alguien vio la posibilidad y decidió apuntar a ello. Y si se cierra, se estará entrando directamente a su juego.

La sala se queda en silencio. El alfa Green parece pensativo, el padre de Sheridan está indignado. Pero nadie hablará hasta que un alfa lo haga.

Garrett se acerca y le da una palmada en el hombro a Sheridan.

—Sheridan tiene razón. Cuando se creó el club de lucha fui escéptico. Pero desde que abrió, hemos tenido menos violencia en la manada, tanto entre nuestros miembros como con otros animales. Cualquier cambiante con una queja puede ir a desahogarse. Y debido a que no es propiedad de la manada, no somos responsables de arbitrar o reembolsar ninguna muerte.

Sheridan mira a su primo y él levanta la barbilla en señal de aprobación antes de dejar caer la mano.

—Pero no es seguro —dice el padre de Sheridan—. Cualquier humano podría entrar allí. Las autoridades lo vigilan de cerca.

—Entonces que mudaremos. O bajaremos el nivel de actividad durante unos meses. Solo habrá peleas humanas. El concepto permanece. Es bueno. —Garrett cruza los brazos sobre su pecho mirando a su padre—. No me gustan los vampiros allí más que a ti. Pero Frangelico no va a ninguna parte. Y no entró y comenzó una guerra de inmediato. Parece estar dispuesto a negociar.

—Sheridan, estoy sorprendido de ti —le dice su padre. Sheridan se estremece, pero no se acobarda—. Esperaba que pensaras más responsablemente las cosas.

—Oye —interviene Garrett—. La enviaste a analizar la situación. O confías en ella o no lo haces.

Las cejas del padre de Garrett se levantan y los dos se miran el uno al otro por un momento. El alfa Green se separa primero sin bajar la mirada. Se ve casi orgulloso.

—Depende de ti, hijo. Es tu territorio. Phoenix te respaldará.

—El club de lucha permanecerá abierto —ordena Garrett y se oye un grito de victoria. Alguien me da una palmada en la espalda.

—Todavía no hemos terminado —gruñe Tank—. Necesitamos resolver el crimen. Arreglarlo con los vampiros. El tiempo se acaba.

Él y Garrett comienzan a dar órdenes. Sheridan se retira y se funde con la multitud, probablemente escondiéndose de su padre. No la culpo. Le tomó agallas enfrentarse a él.

Ella se marchará y es lo mejor. Merece una buena vida, una que no puedo darle.

Al pensarlo, tomo la salida. Es hora de subirme a la moto y despejarme la cabeza. Si para cuando regrese Sheridan se ha ido, sabré a qué atenerme. Al menos tendré el club de lucha en el que concentrarme. Y la cara del señor Green en el momento en que su preciosa niña creció y le llamó la atención.

—Robson —alguien gruñe detrás de mí y me giro.

Lance Green merodea, sus ojos se mueven brillantes.

—Aléjate de mi hija.

Le miro fijamente. ¿Por qué me intimidaba este idiota? Puedo mudar a mi mamá. Probablemente estará mejor en Tucson de todos modos, lejos de esos lobos presumidos.

El señor Green gruñe:

—Si tratas de mantenerla aquí, terminaré contigo y con tu patético pequeño club. ¿Me escuchas?

—No.

Una vena prácticamente le salta de la frente.

—¿Qué?

—Dije que *no*. Escuche, barba gris. Sheridan es adulta. Toma sus propias decisiones. Lo dejó bastante claro allí, pero si no lo acepta, es un asunto entre usted y ella. Sé que quiere protegerla, pero si cree que amenazarme va a funcionar esta vez, lo tiene muy difícil.

—No puedes hablarme de esta manera, sarnoso...

—Cállese —clavo el dedo en el hombro del lobo mayor. Puede que tenga jerarquía pero yo soy más grande, más fuerte, más alto y me tiene completamente harto—. Sheridan toma sus propias decisiones. Tiene una buena vida en Phoenix y no voy a presionarla para que renuncie a todo por mí. Pero he terminado de demostrarle deferencia.

Ya lo hice una vez. No voy a hacerlo de nuevo. —Giro sobre las botas y camino a zancadas hacia mi moto.

—¿Cómo te atreves a hablar conmigo...?

Le gruño y se detiene en seco a unos metros de distancia.

—Se acabó. Si quiere luchar, apúntese a la agenda del club. Lucho la mayoría de los viernes. —Enciendo la moto y el rugido del motor rasga el aire entre nosotros—. Y una cosa más. Si vuelve a amenazar a mi madre o va por su trabajo en la fábrica de cerveza, le desafiaré por el dominio. —Empalidece con mis palabras. Una pelea por el dominio alteraría el equilibrio de la manada de Phoenix, pero no me importa. Ya era hora de que alguien le bajara de su pedestal y pusiera en evidencia sus negocios turbios—. No me importa cuánto tenga que luchar para hacerlo. Soy joven y duro y podría ganarle. —Con eso, acelero y me marcho sin molestarme en mirar atrás.

* * *

Sheridan

Garrett está a punto de terminar su discurso de alfa cuando veo a mi padre marcharse siguiendo a Trey. No puede significar nada bueno.

Me abro paso hacia la salida apresurándome hacia el aparcamiento a tiempo para escuchar a Trey mencionar mi nombre a los gritos.

"Sheridan toma sus propias decisiones. Sé que tiene una buena vida en Phoenix y no voy a presionarla para que renuncie a todo por mí". Presiona un dedo en el hombro de mi padre. "Pero he terminado de demostrarle deferencia. Lo hice una vez. No voy a hacerlo de nuevo".

¿Qué diablos? ¿De qué habla Trey? Me muerdo la lengua tras la pared.

Mi padre parece insultado y resopla algo mientras Trey se aleja, pero él no se da por aludido

"Se acabó. Si quiere luchar, apúntese a la agenda del club. Lucho la mayoría de los viernes". Cuando la moto de Trey acelera, salgo de las sombras, lista para llegar al fondo de las cosas, pero las palabras de Trey me detienen en seco.

"Y una cosa más. Si vuelve a amenazar a mi madre o va por su trabajo en la fábrica de cerveza..." El resto de lo que dice se ahoga con el zumbido de mis oídos.

Mi padre amenazó a su madre. Por eso Trey me engañó. Por eso rompió conmigo. Por eso vuelve a escaparse.

—¡Detente! —le grito, pero demasiado tarde. Trey se ha ido con su moto rugiendo por la carretera sin mirar atrás. No lo haría si yo fuera él. ¿Qué le hemos dado los Green sino dolor?—. No. —Pateo una piedra contra la pared. No es lo suficientemente satisfactorio—¡Joder! —grito. Eso está mejor.

—Sheridan —mi padre se vuelve, severo y apaciguador, listo con otro sermón. Puedo verlo en su rostro.

No estoy de humor.

—¡¿Qué *coño* pasa?! —le grito.

Él retrocede.

—Mira, jovencita...

—¿Amenazaste a su madre? —Unos pasos de botas a mis espaldas me dicen que ya no estamos solos.

—¿Qué? —La voz de Garrett apenas se oye. Avanzo hacia mi padre con los puños cerrados. No voy a golpearle pero está a punto de conocerme.

—Sheridan... —comienza mi papá.

—No te creo. Obtuve buenas calificaciones y seguí todas las reglas, ¿y qué hiciste? ¿Fuiste tras mi novio del instituto? ¿No solo tras él, sino tras su familia? ¿Qué diablos te pasa?

Mi padre da un paso adelante y le doy un empujón.

—Deja a Trey en paz. ¡Y a su madre! ¡No abuses de tu poder en la manada para decirme con quién salir! No me digas jamás con quién salir. O quien es mi compañero, para el caso. —Tiro del cuello de mi camisa para mostrarle la marca de Trey.

—Sheridan —dice alguien. Es el alfa Green. Debería ser sumisa y escucharle, pero me harté de actuar. La verdadera Sheridan ya no se esconde. Soy tan alfa como ellos, si quisiera serlo.

—Se terminó. Por la presente me retiro de la manada de Wolf Ridge. —Tan pronto como suelto las palabras, siento que algo se quiebra dentro de mí, como si los lazos con la manada se hubieran hecho añicos.

—Sheridan —dice mi padre, alarmado—. No puedes...

—No puedes detenerme —gruño y me dirijo hacia mi Mercedes. No es exactamente la salida que quería, irme en un coche que me regaló mi padre, pero da igual. Pago el seguro y le echo gasolina. Es mío.

—¿Adónde irás? —pregunta el alfa Green.

—A cualquier lugar menos a Wolf Ridge. Aparte de eso, no lo sé. —En realidad, lo sé. Voy a ir a empacar mis cosas, llamar a Trey y rogarle que me acepte de vuelta. Me quedaré en el club de lucha. Dormiré en la escalinata si tengo que hacerlo. Bueno, solo hubo un cadáver allí, así que tal vez no.

Pongo el coche en marcha y salgo de allí sin mirar atrás. Garrett y su manada probablemente no me quieran, pero no me importa.

Solo Trey me importa. Le pertenezco. Trey es mi manada y mi hogar.

* * *

Trey

La moto ruge por la carretera al salir de la ciudad. Al demonio Tucson, de todos modos.

Algo me dice que me detenga, así que lo hago. No hay peligro alrededor, no sé qué quiere decirme mi lobo, pero saco el teléfono para revisar los mensajes más viejos. Hay un montón de Sheridan, en la mayoría me pide que le devuelva la llamada. Escucho cada uno, tratando de descifrar el significado detrás de sus palabras. Se la oye clara y profesional, no desesperada ni llorosa. Pero así es Sheridan. No está dispuesta a perder la cabeza por un hombre. Tal vez lo que tengamos en realidad sea solo ella reviviendo su juventud, disfrutando del sexo.

Vino aquí a hacer un trabajo; el trabajo está hecho. Realmente no hay nada para ella aquí, excepto yo. Pero no cuento. No puedo darle la vida que está destinada a vivir.

—Joder —murmuro. Siento la tentación de tirar el teléfono pero un instinto me detiene. Mi lobo espera su llamada.

Me desplomo sobre la moto. Daría cualquier cosa para que me llamara. Puedo evitar continuar reclamándola si me mantengo alejado el tiempo suficiente para que se marche, pero si me llama y me elige, soy suyo.

Siempre he sido suyo.

* * *

Sheridan

Lo primero que hago cuando llego a casa es tirar a la basura el maldito calendario de citas. La sabiduría es agradable y todo, pero es hora de seguir mi instinto.

Mi próxima llamada es a Garrett, quien constesta al primer timbrazo.

—¿Qué pasa?

—Te solicito asilo en tu manada.

—Me lo imaginaba. —Suspira. Las voces y el alboroto de fondo se desvanecen. Una puerta se cierra y su voz se vuelve más clara—. ¿Cuánto tiempo?

—No lo sé. Justo... Dame un par de días para recoger mis cosas. Tu manada probablemente no esté contenta con que me quede. No después de que los echaran a todos de Phoenix.

—Tal vez no sea así —dice Garrett lentamente—. La mayoría tiene una buena vida aquí. Mejor, se podría decir, que las sobras por las que habrían tenido que pelear en Phoenix. Pero si intentas unirte a mi manada, no te la pondrán fácil.

—Lo sé. Me lo merezco.

—Te digo algo, prima. Tienes asilo todo el tiempo que necesites. Mientras estés en nuestro territorio, nadie se meterá contigo. Pero para unirte a nuestro grupo necesitas un patrocinador.

—¿Patrocinador?

—Sí. Y solo hay uno en quien confiaré para que te cuide.

Trey. Mi corazón salta, solo para caer en picada.

—No me habla.

—Te enfrentaste a tu padre y al mío esta noche. Sin

mencionar a los vampiros. Si Trey quiere que entres, me vendrías bien.

—Gracias. —Terminamos la llamada y dejo caer el teléfono. Ahora solo necesito encontrar a Trey y humillarme por su perdón. Y para eso necesito el atuendo adecuado...

Un extraño rasguño se oye en la ventana cuando una figura se mueve en las sombras. Aparto la cortina y miro al espeluznante vampiro tras el cristal.

—Nerón. —Lo sabía. Sí, su coche negro está aparcado en la acera.

—Hola, lobita. —Arrastra las uñas por el cristal y aprieto los dientes ante el horrible sonido. Cierro la cortina y abro el cajón de mi escritorio para sacar una sorpresita que tengo preparada.

Cuando abro la puerta, Nerón me está esperando.

Se echa hacia atrás la sedosa cortina de su cabello relamiéndose los labios. Los colmillos laten mientras acaricia el aire entre él y yo, como si hubiera una pared sólida que le impidiera cruzar el umbral.

—Lobita, lobita, déjame entrar.

—Ni por asomo —digo, y tengo una idea—. Pero si me dices quién dejó el cadáver en el club de lucha, saldré a tu encuentro.

Nerón levanta una ceja.

—¿Por qué quieres saber?

—Estoy impresionada —miento—. Lucius es tan viejo que es prácticamente todopoderoso. Quien se atreva a desobedecerle debe de ser muy fuerte.

—Oh, lo soy, señora loba. Te mostraré cuán fuerte.

Ladeo la cabeza hacia un lado.

—¿Entonces fuiste tú?

—Sí —sisea.

—¿Por qué?

—Frangelico es viejo, pero ha olvidado su propósito. Los vampiros están hechos para gobernar. Mis hermanos y yo mantenemos las antiguas costumbres.

—¿Hermanos? —Joder, fueron más quienes desobedecieron las reglas de Lucius. Todavía no han hecho mucho, pero probablemente apenas estén comenzando.

—Pronto lo sabrás. El mundo lo sabrá. —Nerón se relame los labios. ¿Alguna vez pensé que era atractivo?—. Ahora sal, lobita.

—Está bien. Pero primero —aparto la manga del albornoz y levanto la Glock que compré después de cargarme a un chico de la fraternidad—. Saluda a mi amiguita —cito, y apunto a la entrepierna del vampiro.

* * *

Trey

La llamada entra justo cuando estoy a punto de hacer las maletas y regresar. El número de Sheridan se desplaza por la pantalla como si lo hubiera conjurado. En mi prisa por responder, casi se me cae el teléfono.

—¿Trey? —La voz de Sheridan vacila, solo un poco, y me pongo de pie con los músculos tensos y listo para luchar.

—¿Qué pasa, cariño? —Si su padre le gritó, que me ayude...

—Tengo un... problema de sanguijuelas.

Levanto el caballete de la moto antes de que haya soltado la mitad de su explicación.

—¿Dónde estás?

—En mi casa.

—Quédate allí. Quédate quieta.

—Lo tengo casi bajo control, yo solo...

—Haz lo que te digo —ordeno y salgo rodando.

Rompo un récord de velocidad volviendo a la casa de Sheridan. Mi moto arrasa el viejo barrio, probablemente despertando a los vecinos.

Sheridan, sentada en la escalinata en albornoz, tiene la mirada perdida.

Me arrodillo ante ella.

—¿Estás bien?

—Sí. —Esboza una sonrisa.

—¿Qué pasó?

—He tenido visita. —Señala con la cabeza el coche oscuro aparcado en la calle de su casa—. Le disparé. —Apartando un pliegue del albornoz, descubre una pistola.

—Guau. —Le tiendo la mano. Quiero saber qué demonios pasó, pero Sheridan está tan extraña que será mejor ir despacio. Tomo la pistola y la examino. Huele raro.

—¿Y nadie llamó a la policía? —Miro a mi alrededor, pero todas las casas están a oscuras, en silencio. Nadie mira a través de las persianas a su vecina en albornoz, lo cual es bueno, porque también verían a un gran motero aterrador portando armas.

—Tiene un silenciador.

—No me lo puedo creer.

Ella se encoge de hombros.

—Habla en voz baja y toma el arma.

—Está bien. ¿Dónde está el cuerpo?

—Escondido. Es Nerón.

—¿Le disparaste a un vampiro? —Ahora que lo pienso, el arma huele como ajo.

—Y le clavé una estaca a mitad de camino. No lo mantendrá tumbado para siempre, pero nos dará algo de tiempo.

—¿Para qué?

Se levanta y se sacude el pelo de su cola de caballo.

—Tengo que vestirme y luego necesito un acompañante.

—¿Acompañante? —suelto. Todo esto va demasiado deprisa.

—Sí. —Se detiene en el umbral—. Confesó haber matado a la víctima del club de lucha, así que tenemos que entregarlo a Frangelico.

Antes de que desaparezca dentro de la casa, le agarro la mano. No hay tiempo, pero tengo que decirle algo.

—Espera, Sheridan. ¿Realmente estás bien?

—Estaba un poco conmocionada. Pero ahora estoy bien. Estás aquí. —Me da un beso en los labios. Otra vez se pone en marcha y la tiro hacia atrás.

—No es momento de discutir esto ahora —le digo—. Pero cuando estuviste en peligro me llamaste.

—Sí.

—Me elegiste a mí.

Su expresión se suaviza.

—Sí.

La beso y la suelto.

—Ve a cambiarte. Deprisa. Hablaremos más tarde.

Sonríe y desaparece, mi pequeña cazadora de vampiros.

Capítulo Quince

Trey

Llegamos al club Toxic una hora antes del amanecer. Frangelico se acerca vestido con un esmoquin y guantes de ópera. Pondría los ojos en blanco, pero Sheridan va vestida a juego, con un vestido rojo que que se extiende en un radio de medio metro y cruje al andar. Voy a quitarle todas las capas de tela más tarde para ver si el corsé puede sobrevivir. Sus tetas lucen despampanantes.

Me aclaro la garganta cuando el rey se acerca flanqueado por dos tipos fornidos. Trago saliva preguntándome si Grizz trabaja aquí ahora que sabemos que está en su nómina de personal. Nunca admitiré cuánto me dolió descubrir que era un traidor. Mi pecho se estruja de solo pensarlo. Al menos no está aquí ahora.

Frangelico chasquea los dedos y sus guardias se detienen en seco, dejando que él acorte la distancia entre nosotros.

—¿No hay tenientes esta vez? —pregunto casualmente.

Frangelico muestra los colmillos, sonriendo o amenazándome. Probablemente ambas.

—Descubrirás, lobo, que soy capaz de defenderme.

—Esta noche no —declara Sheridan—. No queremos una pelea.

—Muy bien —Lucius le hace una reverencia. Ella le imita y yo pongo los ojos en blanco. Sanguijuelas estúpidas, siempre tan anticuadas. Sin embargo, puedo decir que el rey vampiro se traga el juego y me acerco a Sheridan.

Lucius hace ademán de mirar el horizonte y habla:

—Tal vez podamos ocuparnos de nuestros asuntos, entonces. El amanecer se avecina.

—Sí —murmuro en voz baja—. No querría que terminaras frito.

Sheridan me da un codazo en el costado mientras se dirige a su Mercedes.

—Tenemos algo tuyo —dice Sheridan haciendo un gesto hacia el maletero y espera a que el rey vampiro asienta con la cabeza. Lentamente, ella lo abre y se aparta. Lucius da dos pasos hacia adelante inclinando la cabeza. Se le queda la cara impávida cuando ve lo que hay dentro.

—Ah. Sí, eso me pertenece. Dime, loba, ¿cómo termina mi hijo en tu maletero con una estaca de madera en el pecho?

—Me estaba acosando —le dice Sheridan—. Vino a mi casa e intentó entrar. Confesó haber dejado el cuerpo en la puerta del club de lucha. Dijo algo sobre "mantener las viejas costumbres" y mostrarle al mundo cómo son los vampiros reales. Él y sus "hermanos vampiros". —Sheridan levanta los dedos índices y hace comillas en el aire al pronunciar la palabra "hermanos". La cara de Lucius se vuelve aterradora mientras prosigue—. De todos modos, le disparé y le clavé la estaca, pero solo a medias. Supuse que querrías encargarte de él tú mismo.

Contengo la respiración mientras Frangelico estudia a mi chica, su coche y a su teniente caído. Ahora veremos si hará cumplir sus propias reglas. La sonrisa que se dibuja en el rostro de Lucius me hace temblar.

—Vaya, gracias, querida. Es tan agradable conocer lobos que respetan un trato. —Le hace un gesto a sus guardaespaldas, quienes avanzan y sacan al vampiro inconsciente del maletero y lo arrastran detrás del edificio. No se molestan en ser gentiles.

—Pobre Nerón. Tan apasionado y prometedor. Tendré que castigarle. Y llegar al fondo de este pequeño golpe. —Lucius se toca los colmillos con la lengua. No parece molesto en absoluto.

—Le haré saber a mi alfa que el trato sigue en pie —digo tirando del brazo de Sheridan. Es hora de irse, en caso de que el vampiro se enfade después de todo y quiera castigar a alguien más que a Nerón.

Antes de que Sheridan pueda darse la vuelta y seguirme, Lucius añade:

—Siempre me han gustado las lobas.

Giro con un insulto listo para soltarle, pero Sheridan me detiene con una mano en el pecho.

—Yo me encargo —me dice con dulzura. Luego le sonríe al vampiro mostrándole sus colmillos y le aclara—: Cuidado. No siempre congeniamos con vampiros, no nos interesa hacernos las víctimas. No me gustaría que te cortaran la cabeza porque miraste a una loba de la manera equivocada.

Me pongo rígido, listo para luchar. Sheridan acaba de insultar al rey vampiro con una amenaza nada sutil.

Lucius Frangelico echa la cabeza hacia atrás y se ríe. Vemos la pálida forma de su garganta trabajar, congelados de horror. La risa del vampiro es la cosa más aterradora que he oído.

—Encantadora —dice la sanguijuela, sacudiendo la cabeza con júbilo—. Simplemente encantadora. Vete ahora, antes de que decida quedarme contigo.

* * *

Trey

En lugar de conducir a casa, me dirijo a Gates Pass y subo hasta un mirador panorámico. Amanece y durante un rato no hablamos, solo observamos la luz y el color desplegarse sobre el valle. Sheridan desliza su mano en la mía. Joder, todo podría haber ido mucho peor. Pero por ahora, tengo a mi dama al alcance de la mano y otro bello día en el horizonte.

La mano de Sheridan me acaricia el cabello. La capturo y le muerdo los dedos hasta que se ríe.

—Lo conseguimos —suspira, con su escandaloso vestido crujiendo a su alrededor.

—Tú lo hiciste. —Le beso los dedos. Sí, quiero inclinarla sobre el costado del coche y follarla, con vestido y todo, pero ambos hemos pasado por mucho. Primero quiero ver el amanecer con mi chica, tratarla con dulzura. Entonces después podré atarla a la cama y darle orgasmos hasta que acepte no dejarme nunca.

—El club abrirá pronto —comento—. La policía no tiene ninguna razón para mantenerlo cerrado ahora.

—Bien. Tengo grandes planes para ello.

Tengo la cabeza tan enfrascada en látigos, cadenas y tipos de cuerdas que serían mejor en sus tiernas muñecas que debo rebobinar sus palabras hasta escucharlas correctamente. Luego rebobino otra vez.

—¿Disculpa?

Sheridan arruga la nariz.

—Me escuchaste. El concepto del club es bueno, pero tienes un largo camino por recorrer en la ejecución. El club de lucha podría ser increíble y legal, si solo implementamos algunas salvaguardias.

Me recuesto en mi asiento, atónito.

—¿Entonces te quedas?

Parpadea un par de veces.

—Bueno, Garrett dice que solo puedo quedarme si me patrocinas. —Me fulmina con la mirada—. Entonces, ¿qué dices?

Sonrío tanto que me duele la cara.

—¿Estás segura?

Se encoge de hombros.

—Nunca encajé con la manada de Wolf Ridge. Simplemente hice un buen trabajo al fingirlo. —Se mete en mi regazo, con vestido grande y todo. Mis brazos se cierran a su alrededor como si estuviera hecha para estar aquí—. Contigo, no tengo que fingir.

—Ya lo creo.

Se ríe entre dientes.

—¿Estás de acuerdo con que yo me quede aquí?

—Oh, sí —mis brazos se aprietan alrededor de ella—. Ahora no tengo que seguir con mi otro plan para que te quedes.

—¿Qué plan?

—No te lo voy a decir. Podría necesitarlo más tarde si cambias de opinión.

—He tomado mi decisión. No voy a cambiar de opinión.

—Bueno, entonces quiero sorprenderte más tarde. —Deslizo la mano sobre el apretado corsé del vestido—. Pero implica el collar, la correa y la mordaza, si quieres saberlo.

Ella se ríe.

—Impresionante. —Se acurruca más cerca, metiendo la cabeza bajo mi barbilla.

—¿Entonces quieres trabajar para el club de lucha?

—Ya lo hago. —Se vuelve a acurrucar en mí y me tardo un momento en recordar de qué hablábamos—. Voy a encargarme de la contabilidad y las operaciones, pero no puedo dejar de servir tragos detrás de la barra. Al menos, hasta que le enseñe a Luka a hacer los cambios. Me necesita.

—Claro que sí —murmuro, deleitándome en la sensación de tenerla en mis brazos—. Creo que me gustará ser tu jefe.

—¿Jefe? No. Soy licenciada en empresas y comercialización con un MBA. Seré tu jefa.

Se incorpora y me mira con fiereza.

—¿Hablas en serio?

—¡Joder, sí! —responde ella, y a mi pesar, sonrío.

—Eres linda cuando dices palabrotas. Dila de nuevo.

—No. —Se acomoda en mi regazo con un suspiro.

—Apuesto a que puedo hacer que la digas de nuevo —prometo en voz baja.

Sheridan se ríe.

—Estoy deseando que lo intentes.

* * *

Sheridan

La luz se desliza por la cara de Trey dorando sus rasgos y suelto un suspiro de felicidad. No sé por qué le estoy más agradecida; por ayudarme a asegurar la paz con los vampiros o por conseguir que me enfrente a mi padre.

Ahora tengo amaneceres, atardeceres y todas las horas intermedias con él. Trey es mi recompensa.

—¿Podemos pasar por el club primero? Necesito tomar algunas medidas —cuando él parpadea hacia mí, continúo— para la nueva distribución que voy a diseñar. No te preocupes, no implementaremos todos los cambios a la vez. Comenzaremos con pequeñas actualizaciones que los clientes apreciarán. La primera es un nuevo aparcamiento: mañana llamaré a los contratistas.

—Joder —se queja Trey.

—Oh, follar también está en la agenda. Si eres bueno y no hay nadie alrededor, puedes hacérmelo en el club, contra la valla metálica.

Se queda inmóvil y luego me agarra un pecho, con fuerza.

—¿Es una promesa?

—"Trabaja duro, juega duro".

—Vamos —gruñe—. Quiero ver qué tipo de ropa interior sexy llevas debajo de este vestido.

—Vale. —Le sonrío y pongo la mano en su muslo mientras arranca mi coche. No puedo resistirme, pero espero hasta que esté a punto de girar a la carretera para inclinarme y susurrarle al oído—. No llevo nada debajo.

Fin

¿Adivina qué? Tengo contenido extra para ti.

Como siempre... ¡gracias por amar nuestros libros y los alfas peligrosos!

https://dl.bookfunnel.com/bwmteeu04v

¿Quieres más?

¿Quieres más de la serie Alfas Peligrosos?

¡Gracias por leer El tormento del alfa y gracias a quienes han leído nuestros libros y dejado reseñas de la serie hasta ahora. ¡Las apreciamos un montón! Escribimos las historias que NOSOTRAS queremos leer y es lindo saber que otros también las disfrutan.

El secreto del alfa

https://geni.us/secretsp

ELLA PERTENECE A MI ENEMIGO. NO ME DETENDRÉ HASTA QUE SEA MÍA.

Soy el depredador supremo. Vivo según un código: cazar o ser cazado. Matar o morir asesinado.

Entonces la conozco. En el momento en que capto su olor, sé que es para mí. Nació para llevar mi marca y yo nací para protegerla.

Era esclava de mi enemigo hasta que la rescaté. Él la quiere de vuelta. Me hará la guerra para atraparla, pero nadie me la va a quitar.

Es mía y no la voy a dejar ir.

https://geni.us/secretsp

Libro Gratis - La virgin y el vampiro

Quiere un libro gratis de Renee Rose y Lee Savino? Suscríbete a su newsletter para recibir *La virgin y el vampiro* y otro contenido especialmente bonificado y noticias de nuevos. https://BookHip.com/XJPQQXK

Libro Gratis de Renee Rose

Quiere un libro gratis de Renee Rose? Suscríbete a mi newsletter para recibir ***Padre de la mafia*** y otro contenido especialmente bonificado y noticias de nuevos. https:// BookHip.com/NCVKLK

Otros Libros de Renee Rose

Vegas Clandestina

Rey de diamantes

Padre de la mafia

Sota de picas

As de corazones

El comodín del Loco

Su reina de tréboles

La mano del muerto

El comodín

Rancho Wolf

Áspero

Salvaje

Feroz

Rudo

Indomable

Implacable

Dos Marcas

Rebelde - GRATIS

Tentada

Deseada

Seducida

Alfas peligrosos

La tentación del alfa

El peligro del alfa

El premio del alfa

El reto del alfa

La obsesión del alfa

el deseo del alfa

La Guerra del Alfa

La Misión del Alfa

El tormento del alfa

El secreto de alfa

Alfa de Montaña

Héroe

Rebelde

Guerrero

Otros libros de Lee Savino

Saga Guerreros Berserker

Vendida a los Berserker

Emparejada con los Berserker

Raptada por los Berserker

Entregada a los Berserker

Reclamada a los Berserker

Alfas Peligrosos

La tentación del alfa

El peligro del alfa

El premio del alfa

El reto del alfa

La obsesión del alfa

El deseo del alfa

La virgen y el vampiro

Conoce a la autora

RENÉE ROSE, LA AUTORA BESTSELLER EN USA TODAY, ama los héroes dominantes, ¡los machos alfa que saben hablar sucio! Ha vendido más de un millón de copias de tórridas novelas románticas con diferentes niveles de sexo no convencional. Sus libros han sido presentados en el Happily Ever After de USA Today y en Popsugar. Nombrada en el Eroticon de los Estados Unidos como la Próxima Autora Erótica Top en 2013, ha ganado también como Autora Preferida en Ciencia Ficción y Antología Valiente y Atrevida y con la mejor novela romántica histórica en The Romance Reviews. Figuró catorce veces en la lista de USA Today con su serie Rancho Wolf y varias antologías.

**Suscríbete a mi newsletter para recibir contenido especialmente bonificado y noticias de nuevos lanzamientos en Español.

https://www.subscribepage.com/reneerose_es

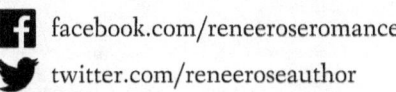

facebook.com/reneeroseromance

twitter.com/reneeroseauthor

instagram.com/reneeroseromance

Conoce a la autora

Lee Savino tiene objetivos grandiosos, pero la mayoría de los días no encuentra ni su cartera ni sus llaves, así que se queda en casa y escribe.

Mientras estudiaba escritura creativa en la Universidad de Hollins, su primer manuscrito ganó el premio Hollins de Ficción.

Lee vive en Estados Unidos, con su increíble familia.

Puedes conectar con ella en su sitio web, su grupo de lectores, y sus redes sociales.